Zu diesem Buch

Was meinen Sie – hat es den Golfkrieg wirklich gegeben? Und die Olympischen Spiele von Barcelona? Sind Sie sicher, daß 1992 in Sevilla eine Weltausstellung stattfand? Detektiv Pepe Carvalho betrachtet noch einmal voller Melancholie und Sarkasmus das «Jahr der Wunder» aus dem Blickwinkel einer krisengeschüttelten Welt, die schon ein Jahr später alle Festivitäten sportiver und kultureller Art vergessen hat. Doch Carvalho will es genau wissen, ob dieser Roman von Vázquez Montalbán oder von Javier Mariscal, dem berühmten Designer, stammt. War das spanische Königspaar wirklich bei den Spielen anwesend? War Samaranch der echte Juan Antonio Samaranch? Und was macht die uneheliche Tochter Marschall Titos in Carvalhos Wohnung, wo er Bücher über Olympia verbrennt?

Eines steht fest: Pepe Carvalho ist immer noch Pepe Carvalho. Biscuter, der einen Suppenkochkurs in Paris besucht hat, ist immer noch Biscuter. Und Charo meldet sich... mit einer schönen Geste.

Der Lyriker, Romancier, Essayist und Journalist Manuel Vázquez Montalbán, Jahrgang 1939, gehört seit langer Zeit zu den profiliertesten spanischen Gegenwartsautoren. Für seine Romane erhielt er zahlreiche Auszeichnungen.

In der Reihe der rororo thriller liegen vor: Carvalho und der Mord im Zentralkomitee (Nr. 3116), Carvalho und die tätowierte Leiche (Nr. 2732), Carvalho und der tote Manager (Nr. 3087), Der fliegende Spanier. Stories (Nr. 2923), Ich tötete Kennedy (Nr. 2893), Lauras Asche. Stories (Nr. 2882), Manche gehen baden (Nr. 2834), Die Rose von Alexandria (Nr. 2816), Schuß aus dem Hinterhalt (Nr. 2955), Tahiti liegt bei Barcelona (Nr. 2995), Verloren im Labyrinth (Nr. 3055), Die Vögel von Bangkok (Nr. 2772), Das Zeichen des Zorro. Stories. (Nr. 2945), Zur Wahrheit durch Mord. Stories. (Nr. 2930), Zweikampf. Stories. (Nr. 2909) und das Carvalho-Kochbuch Die Leidenschaft des Schnüfflers (Nr. 3060).

Manuel Vázquez Montalbán

Krieg um Olympia

Deutsch von
Bernhard Straub

Rowohlt

rororo thriller
Herausgegeben von Bernd Jost

Deutsche Erstausgabe
Veröffentlicht im Rowohlt Taschenbuch Verlag GmbH,
Reinbek bei Hamburg, November 1994

Die Originalausgabe erschien 1993 bei Editorial Planeta, S. A.,
Barcelona, unter dem Titel «Sabotaje olímpico»

Redaktion Jutta Schwarz
Umschlagfoto FPG / Bavaria
Umschlagtypographie Peter Wippermann / Susanne Müller
Satz Bembo (Linotronic 500)
Gesamtherstellung Clausen & Bosse, Leck
Printed in Germany
990-ISBN 3 499 43166 1

Haupt-, Neben- und Randfiguren,
VIPs und Monarchen,
Präsidenten, Athleten und Anarchisten,
Philosophen und Minister:

Biscuter, Faktotum, Freund und Watson, ist zu einem Kochkurs nach Paris gefahren.

Charo, Carvalhos Freundin, hat sich zum Nachdenken nach Andorra zurückgezogen.

Xavier Rupert Dos Ventos ist zum Staatsphilosophen ernannt worden.

Don Emilio Romero und

Don Fernando Savater haben natürlich ihre Hände mit im Spiel.

Don Juan Antonio Samaranch hat seit Jahrzehnten überall seine Finger drin.

Fuster gilt vor allem etwas als Steuerberater, weniger als Latinist.

Andreotti möchte endlich Nachfolger von Samaranch werden.

Corcuera war Elektriker, ist Innenminister und wird Sicherheitschef bei Queen Elizabeth II. und Prinzessin Anne.

Juan Carlos schreibt als König für Könige.

Die **königliche Familie** ist immer präsent.

José Ortega y Gasset ist ein Pionier der Moderne, sagt

Felipe González, der durch Abwesenheit glänzt.

Vera Musovic ist Bodybuilderin, Tochter von Tito (unehelich) und verliebt sich in Arnold Schwarzenegger.

George Bush steht kurz vor dem Herzinfarkt, und sein

Vize **Quayle** will ein «Dorf bei Bagdad» bombardieren, nämlich Barcelona.

Oberst Parra leitet die neue Revolution ein.

Marines, Blauhelme, Guardia Civil, Polizia, Geheimdienste und Sicherheitskräfte aller Couleur sind mit von der Partie, nicht zu vergessen

Pepe Carvalho, der seine Stadt nicht wiedererkennt, verschwundene Sportler und Funktionäre wiederfinden und den Urheber der Sabotage dieser Olympischen Spiele 1992 ausfindig machen soll.

Geschichte ist die Wissenschaft von den Tatsachen, die über ihre Entwicklung zum Leben der Menschheit gehören; sie erklärt auch die Ursachen, die ihr zugrunde liegen.

SANTIAGO ANDRES ZAPATERO

Dii nos quasi pilas habent
[Für die Götter sind wir wie Spielbälle]

PLAUTUS, *Captivi* 22

Biscuter hat eine Theorie über Escoffier. Aber damit nicht genug; er konfrontiert Carvalho damit bei jeder sich bietenden Gelegenheit. Carvalho bereut bisweilen, ihm die Reise nach Paris und den Schnellkurs zur Zubereitung von Suppen an der *Académie de Haute Cuisine* von Mister Everglace bezahlt zu haben.

«Escoffier ist die *summa theologica* der großen Tradition aller bürgerlichen Küchen.»

Sooft Carvalho auch versucht, ihn mit Fragen wie «Was bedeutet ‹*summa theologica*›?» aus dem Konzept zu bringen, Biscuter ist nie um eine Antwort verlegen.

«Der absolute Gipfel.»

Die Parisexpedition hat auch ihr Gutes. Seit Biscuter bewiesen hat, daß er die in ihrer Feinheit so schwierigen Consommés wie *consommé à la brunoise* oder die mehr oder weniger typischen Suppen der französischen Küche beherrscht – von der Zwiebelsuppe der ehemaligen Markthallen bis zu *potage Thurins Roumanville* in reinster Escoffierscher Manier –, wagt er sich mittlerweile auch an «ausländische» *potages* – dabei betont er ein ums andere Mal das Wort «ausländisch», als spreche er mit der falschen Identität eines Franzosen.

«Wissen Sie, daß Escoffier die spanische *olla podrida* berücksichtigt? Obwohl dieser Typ nicht verhehlen kann, was ihm an der spanischen Küche zuwider ist: Kichererbsen und *chorizo*. Heute mache ich Ihnen eine richtig *ausländische* Suppe, Chef.»

«Wozu denn in die Ferne schweifen?»

«Man muß die Dinge ausprobieren.»

Also probiert er eine *potage Ouka* aus: ein Sud aus Stör, Gräten und Flossen verschiedener Fische, Wasser, Weißwein, Petersilie, Sellerie, Fenchel, Champignons, Salz... Carvalho schwirrt der Kopf, wenn er an alles denkt, was man braucht, um dieses Gericht richtig zuzubereiten, und das alles für eine einfache Suppe, bei der es nichts zu kauen gibt. Für das Alter – Suppen. Die profunde Solidität eines tiefen Tellers voller bissiger, aber durch das lange Kochen gezähmter kleiner Schinken- oder Fleischstückchen. Roh? Gekocht? Wieder aufgekocht! Aber Biscuter entgleitet ihm. Wie die Wirklichkeit oder die Erinnerung. Seit seiner Reise nach Paris hat Biscuter aufgehört, grundsätzlich abhängig zu sein – als habe er entdeckt, daß es noch eine andere Geographie gibt, jenseits seiner kleinen Welt eines ehemaligen jugendlichen Sträflings und nicht mehr ganz so jungen Domestiken eines Detektivs von wenig Fortune und Optimismus. Vielleicht ist er Biscuters Gesellschaft überdrüssig, ebenso wie er der Wirklichkeit oder der Erinnerung überdrüssig ist, ganz konform mit der herrschenden Kultur des Vergessens... Juli 1993. Vor einem Jahr noch war alles bereit für die Eröffnung der Olympischen Spiele von Barcelona, des größten Spektakulums der Welt, inzwischen sind die Ereignisse den Krisenbach hinunter, der Krise von (fast) allem und (fast) jedem. Die Götter haben sich auf ihren Olymp zurückgezogen und, wenn man den Wirtschaftsexperten glaubt, nicht einmal die Güte besessen, Brot und Wein dazulassen. Wenn er sich dann noch an die Traumbilder jener Zeit der Olympischen Spiele erinnert, verspürt er den Wunsch, seine naturalistischen Bande zum Konkreten zu stärken. Irgend etwas möchte er tun. Seit dem Schlußakt der Spiele hat er die Angewohnheit, zu seinem Philosophen zu gehen, genau wie andere zu ihrem Psychiater. Sein Hausphilosoph ist nach wie vor Xavier Rupert Dos Ventos, und er antwortet ihm auf die Frage nach der Abwesenheit von Göttern von der hohen Warte seines Telefons: «Was denn tun? Zu welchem Zweck? Wenn Sie etwas tun wollen, dann besitzen Sie immer noch eine Zielrichtung..., Finalität..., vielleicht auch nur den Instinkt der Finalität..., einen bedingten Reflex der Finalität. Es ist richtig, die Götter sind verschwunden. Hölderlin hat es schon verkündet, aber er glaubte damals, sie hätten das Brot und den Wein zurückgelassen. Lassen Sie es mich als Metapher der materiellen Freuden interpretieren. Gibt es für uns wirklich keine matierellen Freuden mehr? Haben Sie meinen Rat befolgt und sich einen anderen

Dampfkochtopf angeschafft? Den Ziegenkäse aus Corçà probiert? Sind Sie immer noch süchtig nach Duero-Wein? Warum steigen Sie nicht auf Mineralwasser um?»

Vielleicht geht es gar nicht darum, etwas zu tun, sondern lediglich darum, etwas zu sagen. Also sagt er zu Biscuter: «Gib Kichererbsen dazu!»

«Zu der *potage Ouka*, Chef?»

«Zu allem! Kichererbsen und *chorizo* zu jedem Gericht!»

«Das ist Nationalismus, Chef! Furchtbar, diese Nationalismuswelle, die über uns hereinbricht!»

Was verband ihn mit diesen Leuten, die ein kollektives Podest bestiegen, um sich die Medaillen des olympischen Sports umhängen zu lassen? Im Fernsehen verfolgte er die Ankunft der olympischen Flamme und das griechisch-katalanische Fest zu ihrem Empfang. Das beste war das herrliche Mädchen, das die Fackel an Land brachte, damit sie, getragen von Politikern, Sportlern und anderen lokalen Größen, ihren Weg durch ganz Spanien antreten konnte, um ein zugleich heroisches und zoologisches Territorium abzustekken. Hätte man ihm das Ganze als Wohltätigkeitsfest zur Verschönerung der Stadt oder der einheimischen keltisch-iberischen Rasse vorgestellt oder ihn zumindest gefragt, ob sich deren Verschönerung lohne, hätte sich Carvalho ebenfalls zurückgehalten, aber immerhin den Schweiß der Personen, die Dinge und Tage akzeptiert und sich von einem Sommer hinreißen lassen, der mehr Sommer war als die anderen:

Stets wartet man auf einen Sommer,
der besser ist
und allem gewogen,
was man noch nie getan.

So hatte ein Dichter seiner Jugendzeit, genauso jung wie er selbst damals, gesungen. Aus jener Zeit kamen ihm Bruchstücke aus Gedichten in den Sinn, die er irgendwann einmal gelesen oder gehört hatte.

Es kam nicht zur Unzucht,
und das Mädchen ist noch am Leben.

Von wem war das? Egal. Das Gefühl der Andersartigkeit hockte in seinen Knochen wie eine nicht übertragbare Kälte, ähnlich jener, die er in den Getsemanistunden der Franco-Zeit verspürt hatte, in einem inneren Exil, in das ihn damals die Obszönität der Diktatur getrieben hatte. Heute war es der ungeheure implizite Druck der olympischen Massen, der ihn auf die Standspur abdrängte, die Standspur der deprimierten Autos, die nicht fahren wollen, weil sie den Glauben an das Rennen verloren haben. Siebzehn Tage lang würde die Stadt besetzt sein von einer breiten Minderheit aktiver Sportler und einer erdrückenden Mehrheit von Sportlern des Wortes, des Gedankens und der Auslassung. Eine besetzte Stadt voller Leute, die als Gesunde verkleidet sind, kann schließlich unerträglich werden, um so mehr, wenn sich diese Stadt anläßlich der Olympischen Spiele einer Schönheitsoperation unterzogen hat und wichtige Falten ihrer Vergangenheit aus ihrem Gesicht verschwunden sind. Könige, mutmaßliche Republikpräsidenten, die unerträgliche Leichtigkeit des Seins aller Mitglieder des IOC, fetter Männer und Frauen mit olympischer Philosophie im Tornister, die niemals zwischen den Kannibalen und ihren Opfern unterscheiden würden. Vor den Toren der Stadt lagerten, in Erwartung ihrer neologistisch verbrämten Chance, die *Paralympier* – Euphemismus für einen weiteren Euphemismus, die *Behinderten* –, die Hauptdarsteller der Olympiade des Mitleids, gefährlich im Rahmen einer Gesellschaft, die sich erst um ihre Behinderten kümmert, wenn sie es schaffen, mit der Nase Tore zu schießen. Carvalho beschloß, auf ein Surrogat des metaphysischen Selbstmordes zurückzugreifen, das sich in der Zeit seiner historisch bedingten Depression bewährt hatte, als er mit dem vor Gesundheit strotzenden historischen Kadaver des Franquismus leben mußte und der General wie eine einbalsamierte Marionette weiterlebte, zu nichts anderem fähig, als den Arm und die Pistole zu bewegen, aber hartnäckig entschlossen, den Schauplatz des Verbrechens nicht zu verlassen, Steinerner Gast an den Schauplätzen seiner eigenen Obsoletheit eines barbarischen *primus inter pares*. Ein leergeräumtes Zimmer, verriegelt und verrammelt, darin Carvalho, nackt, ohne jegliche Verbindung zu Vergangenheit und Zukunft außer einem Kühlschrank voller volkstümlicher und ausgefallener vergänglicher Lebensmittel und einem Schinken, der mit etwas wie «Ewigkeit» assoziiert werden konnte. Carvalhos metaphysische und gastronomische Bildung hatte sich seit seinen Krisen zu Ende der sechziger Jahre sehr verbessert, und er beschloß, sich diesmal in seinem Haus in Vallvidrera einzuschließen und Fenster und Türen, ja selbst Ritzen und Spalten mit Isolierband zu versiegeln. Er war nackt, wie es der Sommer und die Beklemmung verlangten, aber mit dem knappen Slip bekleidet, den ab fünfzig das Gefühl der Lächerlichkeit erfordert; er hatte ebensoviel im Kühlschrank wie in der Vorratskammer, von «Chez Fauchon» und besser, ohne dabei jene spanischen Produkte zu vernachlässigen, die nicht wie zahllose andere kultivierte Genüsse des Gaumens den Verfolgungen der Postmoderne zum Opfer gefallen waren, sondern diese mit Würde überstanden hatten.

Sein Detektivbüro auf den Ramblas hatte er «wegen inneren Urlaubs» geschlossen. Es lag in einer der wenigen Straßen Barcelonas, die von der Spitzhacke verschont geblieben waren; dafür war sie nun besetzt von den Fernsehkameras der ganzen Welt, die sich berauschten am Dunst fünffach überalterten Bratöls, an Fremden aus der eigenen und aus anderen Städten, wie Lungen, die in den fauligen Sauerstoff von Barcelonas Unterleib eingedrungen waren. Carvalhos Welt stand im Begriff, sich mit anderen Menschen zu füllen, anderen im schlimmsten Sinn des Wortes; demnächst würde sie ganz aufhören, seine Stadt zu sein. Er wollte jede Verbindung zu anderen abbrechen; um mit den allernächsten anderen zu beginnen, schickte er sein Faktotum Biscuter zu einer überraschenden Erweiterung seiner Studien – wobei vor allem das Wort «Erweiterung» überraschte, denn es war nicht einmal etwas über vorhandene Studien bekannt, die zu erweitern wären. Er buchte für ihn die billigste Gruppenreise, die er im bescheidensten Reisebüro Barcelonas fand. Es war ein alter Traum von Biscuter, zu Spezialkochkursen nach Paris zu fahren. Am interessantesten schien ein Kurs zur Zubereitung klarer und dicker Suppen, Gerichten im tiefen Teller, über die sich Carvalho, beleidigt von den Drohungen des vorgerückten Alters, seit einiger Zeit Gedanken machte.

«Wenn man keine Zähne mehr hat, Biscuter, und bei den Preisen, die die Zahnärzte heute verlangen, kehrt man am besten zu den Ursprüngen der Ernährung zurück: Aus dem Paradies der Wälder vertrieben, war der Primat gezwungen, nicht mehr als Raubtier zu leben, sondern durch die Savanne zu ziehen und Vorräte an Tieren und eßbaren Pflanzen anzulegen, also Ackerbauer, Viehzüchter oder Handwerker zu werden und mit Hilfe des Feuers das Kochen zu erlernen.»

Nicht ohne einen gewissen Zynismus untermauerte Carvalho die Theorie durch die Praxis und erbaute während dieser Ausführungen den Holzstoß in seinem Kamin mit der unschätzbaren Hilfe des Buches *Das Kochen machte den Menschen* von Don Faustino Cordón, einem hervorragenden dialektisch-materialistischen Biologen und begeisterten republikanischen Soldaten, der das V. Regiment mitbegründet hatte.

«Das Braten ist sicherlich ein Zufallsprodukt, der Fehlgriff einer Hand, die in der Asche des prähistorischen Lagerfeuers auf ein Diplodokusfilet stieß. Abgesehen davon war das erste echte Gericht, also die Tat, die die Küche als eine Kultur der Verschleierung des Mordes an anderen zum Zweck ihres Verzehrs begründete, etwas, das die Franzosen *pot-au-feu* nennen. Auf französisch klingt es, wie alles, nach dem Thema einer Doktorarbeit, aber es ist nichts anderes als der Eintopf, und im weiteren Sinne der *potaje*, die dicke Gemüsesuppe. Alles wird in Wasser gekocht, im Wasser bleiben die besten Substanzen, und um dieses nahrhafte Elixier zu sich zu nehmen, braucht man keine Zähne. In Paris wird man dir die Alchimie der besten Suppen und *potajes* beibringen!»

«Darf ich mir auch den Eiffelturm ansehen?»

«Das ist im Preis inbegriffen.»

«Und die *Folies Bergères*?»

«Hier hast du zwanzigtausend Peseten, geh und schau dir Brüste an, Biscuter! Sie sind so perfekt, daß sie unwirklich sind.»

«Von unwirklichen Titten halte ich nichts, Chef.»

«Du hast eben einen guten Geschmack und magst keine unwirklichen Brüste. *Playboy* hat den perfekt gebauten Frauen einen üblen Streich gespielt. Niemand glaubt mehr an sie. Sie sehen aus wie Farbdrucke zum Aufklappen.»

Mit so verschiedenen Motiven brach Biscuter in einem Reisebus aus durchsichtigem Plastik nach Paris auf, wo ihm bis zum Einschlafen *Die Spanierinnen in Paris* gezeigt wurde, ein «philosophischer» Film über das Schicksal billiger weiblicher Arbeitskräfte im Paris zwischen den beiden vergeblichen Revolten, der vom Mai 1968 und der nächsten. Befreit von persönlichen Verantwortlichkeiten, schickte sich Carvalho an, die Prüfung seiner olympischen Intoleranz in der tiefsten aller Einsamkeiten zu bestehen. Seine beiden Hauptlaster, Kochen und Bücherverbrennen, würden ihm Kontakt zur materiellen Welt verschaffen, ihm helfen, die Welt zu verändern, und in siebzehntägiger Zurückgezogenheit konnte er sich das Vergnügen gönnen, gehaltvolle Bücher zu verbrennen – als erstes das *Buch des Wissens* über die Olympischen Spiele.

Obwohl sein Beschluß rein privater Natur war und angesichts der kaum nennenswerten Zahl seiner Verwandten und Angehörigen niemand von den antiolympischen Abenteuern des Detektivs Carvalho erfahren würde, fühlte sich der Held jenes fundamentalen Aktes der Rebellion und Verachtung ebenso unüberwindlich wie fatal selbstzufrieden. Zeiten des Narzißmus. Gab es ein größeres Vergnügen als das, als einziger seine Negation der Olympischen Spiele von Barcelona zu genießen? Wenn er seine Haltung vernünftig erklären wollte, konnte er auf die Argumentation zurückgreifen, sie seien außersportliche Orgien, die auf florierende Geschäfte von Städtebauern und Medien abzielten. Oder er konnte die Dummheit ins Feld führen, die den Spielen von Anbeginn nicht weniger anhaftete als ihrem Begründer, dem realitätsfremden Baron de Coubertin, der die Stirn besessen hatte zu behaupten, der

Sport überwinde die soziale Ungleichheit und lasse Ungleichheit nur aufgrund besserer sportlicher Leistung zu: «Der sozialen Stellung, dem Namen oder dem von den Eltern ererbten Vermächtnis kommt bei diesem Anlaß keinerlei Bedeutung zu.» Carvalho fand es jedoch übertrieben, Argumente für eine Ablehnung zu verschwenden, die aus seinen Eingeweiden kam. Von Antonio Machado stammte sein Haß auf Leibesertüchtigung, und von einer langen Ahnenreihe von Verlierern das strenge Gebot, seinen Exhibitionismus nicht zur Schau zu tragen. Schlechte Zeiten für dieses Gebot in einem Spanien, das sich mit Olympischen Spielen und einer Weltausstellung in Sevilla brüstete, um auf privilegierte Weise seine Modernität in Szene zu setzen! Es wurde zwar keiner in eine Anstalt gesteckt, weil er gegen die Spiele war, aber nicht aus Toleranz, sondern aus Zurschaustellung von Toleranz. Er war umzingelt von Exhibitionisten.

Carvalho stellte sich vor, wie Seine Majestät König Juan Carlos mit bourbonisch besorgter Miene die Königin fragte: «Sofía, hast du Carvalho gesehen?»

Trotz ihrer Bestürzung ließ sich die Königin nicht davon abhalten, das Drehbuch noch einmal durchzugehen, das ihr helfen sollte, formvollendet ihren Verpflichtungen nachzukommen. Auch der König wiederholte mit großer Professionalität die Attribute der Königswürde und die Zehn Gebote für das Auftreten postmoderner Monarchen, an deren Niederschrift er selbst arbeitete; der Titel könnte etwa «Intensivkurs zur ständigen professionellen Instruktion für amtierende Könige und Fürsten» lauten. Zwar hatte er sich während des Übergangs zur Demokratie auf ethische und politische Beratung gestützt, bei der die an ihn gerichteten Briefe von Don Emilio Romero besonders hervorzuheben sind, aber inzwischen vertraute er ganz auf die Erfahrung. Er wünschte sich allerdings, daß jemand ganz persönlich für ihn, möglichst mit Widmung, eine *Ethik für Könige* verfassen würde, und zwar, das war sein Herzenswunsch, der beste Ethik-Schneider des Landes, Don Fernando Savater.

«Also, das bringt mich wirklich in Verlegenheit, Majestät, eine Ethik für einen König anzufertigen!»

«Aber, aber, mein guter Savater... Würden Sie nicht für jeden Jockey des Großen Derbys und jeden Physiotherapeuten dasselbe tun? Ein König ist ein Freiberufler wie jeder andere!»

Die Königin, bestürzt über die Tatsache, daß Carvalho zu den Spielen nicht erschienen war, hatte kaum Zeit, ihre Fassung wiederzugewinnen, denn Fidel Castro korrigierte und vergrößerte ihre Bestürzung noch mit der Bemerkung: «Wo steckt das Arschloch bloß?»

Präsident Bush fragte völlig fassungslos: «Was, der Mörder Kennedys lebt in Spanien und erscheint nicht zu den Olympischen Spielen?»

Bush würde allerdings selbst nicht kommen, denn er mußte dringend jemandem den Krieg erklären, um den Sturzflug seiner Wählerstimmen aufzuhalten. Dafür war Samaranch, der Präsident des Internationalen Olympischen Komitees, ganz empört: «Hab ich's mir doch gedacht! Ich habe von diesem Carvalho nichts anderes erwartet als diese Respektlosigkeit – ein erneuter Beweis des ungeheuerlichen Hochmuts der Intellektuellen, den schon Seine Exzellenz Generalísimo Franco zu tadeln pflegte!» Und das sagte er ohne die geringste Rücksichtnahme auf die Anwesenheit des Königspaares und die Hochachtung, die Seine Majestät ihm entgegenbrachte.

Für Carvalho war die Stunde gekommen, sich dem Konsum von demokratischen Farcen, eucharistischen Festspielen der modernen Zeiten und einer Kultur von Scheinwelten in der Art von Walt Disney zu verweigern. Überall auf der Welt war man gespannt, ob Spanien noch in der Lage war, Feste zu organisieren – schließlich war es ein Land des Südens, das immer mehr dem alles verschlingenden Gully eines problematischen Nordens, dem Norden der kleineren Götter, anheimfiel. Daß sich Carvalho das Recht vorbehielt, seine Teilnahme zu verweigern, war die einzig mögliche Antwort auf die Ungerechtigkeit, mit der ihm das LEBEN und die GESCHICHTE das Recht verwehrten, anderen den Zutritt zu verweigern. Vom ausgiebigen Genuß seiner geheimen, nur ihm allein bekannten Rebellion gestärkt, fühlte sich Carvalho vor allen Nachstellungen der Außenwelt sicher. Er hatte den faschistischen

Hintergedanken der olympischen Losung «Dabeisein ist alles» nicht verstanden, die Losung des demokratischen und wohltätigen Großen Bruders, oder die Drohung «Wir zählen auf dich», die der heutige Präsident des IOC ausgebrütet hatte, als er noch Francos Favorit für das Sportministerium war.

Drei Wochen lang konnte er sich in Betrachtungen über seinen Niedergang ergehen und die Lücken zählen, die Charos Weggang in seiner inneren Landschaft hinterlassen hatte. Was er dabei am wenigsten fassen konnte, war allerdings die Tatsache, daß sie sich für ihr *exil sentimental* ausgerechnet Andorra ausgesucht hatte, ein Tal, das als Supermarkt für Elektrogeräte diente. Aber war der Rest der Welt nicht ebenfalls ein Tal voller Elektrogeräte, ohne es offen zu zeigen, und allein Andorra besaß den Mut und die Aufrichtigkeit, dazu zu stehen? Sein Herz, der einsame Jäger – er verbrannte den Roman dieses Titels von Carson McCullers, sobald er auf dem Bildschirm seiner Erinnerung auftauchte – sein Herz blutete ebenfalls, weil er Claire im griechischen Labyrinth seines letzten Auftrags nicht hatte erobern können und seine völlige Wunschlosigkeit in so großem Mißverhältnis stand zu Biscuters Lust aufs Fliegen, die sich äußerte, indem er sich für alle möglichen Fernkurse einschrieb und Reisekataloge sammelte.

«Eines Tages müssen wir eine Reise um die Welt machen, Chef! Ich will sehen, ob das wirklich in achtzig Tagen zu schaffen ist!»

«Wenn du dich nicht mit achtzig Stunden begnügst, lassen sie dich nicht reisen... Achtzig Tage werden dir nicht erlaubt. Siehst du nicht, daß die Leute schon Schlange stehen, sich gegenseitig auf die Füße treten und dabei riskieren, in den Abgrund am Ende der Welt zu stürzen?»

Charo hatte ihn gewarnt: «Du wirst allmählich taub!», aber Carvalho hatte diese Bemerkung dem Willen jeder Frau zugeschrieben, ihren Partner zu verstümmeln, um ihn desto leichter auffressen zu können. Jetzt, wo Charo die Freiheit gewählt hatte, sehnte er sich nach ihren abgedroschenen Ermahnungen, einer partnerschaftlichen Aufmerksamkeit, die ihm, obwohl atypisch und kleinkariert, das illusorische Gefühl gegeben hatte, daß sich jemand um ihn kümmerte. Aber irgendwie mußte Charo doch recht gehabt haben, denn er nahm die Geräusche nicht wahr, die draußen vor der geschlossenen Tür seines Hauses nach seiner Gegenwart verlangten. Bis die Haustür plötzlich dem Tritt eines Militärstiefels nachgab und das Loch, das im Sperrholz klaffte, von einer kompletten Sammlung von Militärstiefeln vergrößert wurde, um einer regelrechten Invasion von Unterdrückungseinheiten aller Art Zutritt zu verschaffen: Fallschirmjägern, bewaffneter Polizei, Guardia Civil, Privatpolizei, gemischter Polizei, Feuerwehr, ordentlichen Mitgliedern des *Opus Dei*, Diät-Spezialisten, schottischen Dudelsackbläsern, Mitgliedern von Segelclubs, Waisen des realen Sozialismus, Pfadfindern, Nachtclubportiers, Homosexuellen ohne Schuldkomplexe, Yuppies in der Midlife-crisis, Jungphilosophinnen und -philosophen und Soziologen von der Sorte, die die Vergangenheit als perfektes, abgeschlossenes Präteritum betrachtet und die Zukunft für so imperfekt hält, daß man sie sich nicht einmal vorstellen sollte. Stiefel, Stiefel, Stiefel, dazwischen die «Sebago»-Schuhe der Jungphilosophen, die «Camper» der Jungphilosophinnen und, aufgrund der natürlichen Vorsicht von Exhibitionisten etwas weniger aufwendig, das Schuhwerk der Soziologen jener Schule des perfekten, abgeschlossenen Präteritums und des infolge seiner naturgemäßen Imperfektion unvorstellbaren Futurs.

Carvalho wurde durchsucht, obwohl er nichts als einen Slip trug, und man wandte die *Lex Corcuera*, zu Unrecht *Gesetz zur Sicherheit der Bürger* genannt, auf ihn an – Spaniens corcuerische, corcueristische und corcuerisierende Version der neuen Gesetze, die das demokratische Europa allmählich einführt, um sich unter dem Vorwand, den Drogenhandel zu bekämpfen, vor einer kommenden chinesischen Invasion zu schützen.

«Darf ich eine Dschellaba anziehen?»

«Es ist nicht ausdrücklich erlaubt, also muß es unausdrücklich verboten sein.»

«Eine *guayabera* * ?»

«Während der Olympiade ist indirekte Propaganda für das kommunistische Kuba nicht erlaubt. Danach noch viel weniger. Sie würden die liberalen und pluralistischen Gefühle verletzen.»

Der Wortführer war ein Soziologe aus dem *brain trust* des Innenministers, genauer gesagt, der soziologische Kammerdiener, Spezialist für postmoderne Garderobe. Carvalho sah sich genötigt, einen Sommeranzug aus dem Schlußverkauf eines Kaufhauses der Mark & Spencer-Kette anzuziehen, und wurde zu einem gepanzerten Mannschaftswagen geführt, der keine Aussicht aufs Meer oder sonst etwas bot und mit unbekanntem Ziel losfuhr. Die Operation wurde von einem Captain der nordamerikanischen Fallschirmjäger geleitet, der Carvalho jeglichen Widerstand ausredete, wobei er ihm eine Spritze zeigte.

«Eine Bewegung, und ich jage dir einen unbekannten Virus in die Adern!»

«Sagen Sie mir, welchen! Er ist vielleicht interessant!»

«Bevor es für dich interessant wird, nehme ich einen anderen. Ich bin nicht das Rote Kreuz. Elende rote Bazille! Beschissenes subversives Element! Haben wir dafür den Kalten Krieg und den bakteriologischen Krieg gewonnen, damit Schlappschwänze wie du eine glückliche, frohe Menschheit demoralisieren, die scherzend und in Frieden mit ihrem Gewissen und den ihr gesteckten Grenzen lebt?»

Der Mannschaftswagen erreichte sein Ziel. Der Captain verhüllte Carvalhos Kopf mit einer Kapuze, die für ihn eine ganz besondere sentimentale Bedeutung hatte: Es war dieselbe, die er Raúl Sendic über den Kopf gestülpt hatte, als er die uruguayischen Putschisten instruierte, wie man Feinde des Christentums foltert.

«Raúl Sendic war ein großer Gefangener, das gebe ich zu, obwohl ich einen ganz besonderen Groll gegen ihn hegte, denn die Tupamaros standen unter seinem Kommando, als sie Don Mitrione, unseren Mann in Montevideo, liquidierten. Ich bat Señor Sendic, sie behalten zu dürfen, konnte allerdings seine Antwort

* kurze, leichte Jacke

nicht verstehen, da er sehr schlechte Sendebedingungen hatte. Aber natürlich zeigte er keinerlei äußere Anzeichen von Widerspruch.»

Auch Carvalho konnte keinerlei äußere Anzeichen von Widerspruch zeigen; er fühlte sich innerlich so tot, wie es Raúl Sendic bereits war, und er sah sich selbst, wie er im Dunkel des JENSEITS nach Raúl Sendic suchte, in seiner Parzelle perfekter abgeschlossener Vergangenheit. Aber als er glaubte, ihn in einer Ecke eines Zimmers für perfekt Verschwundene – perfekt heißt mit der unschätzbaren Hilfe des Todes – zu erkennen, wurde ihm die Kapuze abgenommen. Unter dem bedrohlichen Licht einer konventionellen Kulisse machte er eine gute Handvoll Leute der Macht aus, die sich in einem Kreis um den IOC-Präsidenten Don Juan Antonio Samaranch versammelt hatten. An die Vergangenheit von Don Juan Antonio – junger Mann aus reichem Hause, *Kid Samaranch*, Boxer und Faschistenfreund – erinnerte die platte Nase, die ihm ohne Zweifel eine proletarische Faust eingeschlagen hatte – ob die Faust nun klassenbewußt war oder nicht, sei dahingestellt. Aber er besaß gute Manieren, die er ebenso einem bei Personen seines Standes folgerichtigen Raffinement wie einer langen Erfahrung als kosmopolitischer Katalane verdankte. Alle kleinen Nationen zählen – damit ihnen keiner abhanden kommt – diejenigen ihrer Mitbürger an den Fingern ab, die eines Tages unverhofft auf der ersten Seite der *New York Times* oder in der *Ed Sullivan Show* auftauchen könnten. Samaranch hatte es als erster Franquist geschafft, diesen Status zu erreichen; der eventuelle Mitbewerber um sein so olympisches Amt, Salvador Dalí, wurde erst Franquist, als er bereits weltbekannt und Katalane war. Samaranch dagegen war Franquist, bevor er sich als Katalane gerierte und weltbekannt wurde. Seinen Weltruhm verdankte er nicht nur den lustigen Jungs vom IOC, sondern auch der metaphysischen Angst seiner Landsleute, die Komplexe hatten, weil er, abgesehen von einigen unsicheren Tennisgrößen und etlichen Opernsängern und -sängerinnen, der einzige Katalane von Weltruhm war. Mit guten Manieren, aber auch mit überzeugender Autorität, wandte er sich an Carvalho:

«Carvalho, Olympia braucht dich!»

Er hatte ernsthafte Zweifel an Samaranchs Fähigkeit, subtile Botschaften zu verstehen, weshalb er eine der einfachsten Grimassen von Humphrey Bogart schnitt, die dieser stets zeigte, wenn sein Magengeschwür schmerzte. Er säuselte: «Und wieso ausgerechnet *mich*?»

«Alles weist darauf hin, daß wir es mit einer Sabotage der Olympischen Spiele zu tun haben, die von langer Hand vorbereitet wurde!»

«Woraus schließen Sie das?»

«Johnson, ein aus Jamaika stammender Leichtathlet mit kanadischer Staatsbürgerschaft, gewann zuerst in Seoul eine Medaille für seinen Sieg im Sprint über hundert Meter, die ihm später wegen Doping aberkannt wurde...»

«Und?»

«Er gewann soeben den Hundert-Meter-Lauf in Barcelona.»

«In Rekordzeit?»

«Johnson legte die hundert Meter in 6,4 Sekunden zurück.»

Er konnte kaum zu Ende sprechen. Ein Schwächeanfall sorgte dafür, daß sich die restlichen Würdenträger in dem kalten Kellerraum um den IOC-Präsidenten scharten. Für die Einrichtung hatten Kellerräume zum Foltern von CIA-Spionen als Vorbild gedient, die das KGB überall auf der Welt zu Ausverkaufspreisen anbietet. Señora Samaranch, der Menschheit auch als *Bibis* bekannt, besaß ein sicheres Gefühl für geschmackvolle Inneneinrichtungen und einen Sinn für Geschichte, den sie in ihrer Zeit als Botschaftersgattin in Moskau erworben hatte. Die sowjetische Kälte hatte sie damals gezwungen, ihre Pelzmäntel mit Ausgaben der *Prawda* zu verstärken, die zwar einen perfekten Klimaschutz boten, aber ganz sicher den Hautkontakt nutzten, um die Botschafterin mit politischen Losungen zu infizieren, und so hatte sie ihrem Gatten eingeschärft, schlechte Nachrichten an keinem anderen Ort mitzuteilen als diesem.

«Juan Antonio, gute Nachrichten überbringst du im Salon der Prinzessin Anastasia, und schlechte im KGB-Keller!»

Selbst Carvalho, der nicht allzu genau über die neuesten olympischen Rekorde informiert war, begriff, welche Provokation es bedeutete, hundert Meter flach in 6,4 Sekunden zu laufen. Das

IOC hatte diese Unannehmlichkeiten auf jeden Fall verdient, weil es dazu beigetragen hatte, den Sinn der Grundsportarten zu verfälschen, nämlich Laufen und Schwimmen, Bewegungsformen, die der Mensch seit Urzeiten brauchte, um zu jagen und gejagt zu werden, und die nun zu einem Stadionspektakel verkommen waren.

«Wie war die Dopingkontrolle?»

«Absolut gründlich. Nicht ein Milligramm von irgend etwas.»

«Die berühmte Ausnahme, die die Regel bestätigt.»

«Da ist noch etwas.»

In dem Keller im KGB-Stil, in dem sich seine Blässe ausgebreitet hatte, sprach Samaranch wieder. «Man hat entdeckt...»

«Nein, Juan Antonio, nicht...»

Prinzessin Anne von England wollte verhindern, daß der IOC-Präsident weitersprach, aber obwohl sich ihre Reitgerte, die so oft ihren Ex-Ehemann, den Pferdekenner, oder ihre beiden Schwägerinnen ausgepeitscht hatte, drohend über dem gesamten IOC erhob, fuhr Samaranch fort: «Man hat entdeckt, daß vierzig Prozent der Mannschaft der schwarzen Leichtathleten gar keine Schwarzen sind.»

Ein entsetztes «Oh!» flammte über den Köpfen des olympischen Komitees auf, wie Flämmchen von sehr schlechtem Butangas. Prinzessin Anne beschränkte sich darauf, in ihre Unterlippe zu beißen – ganz anders, als diese Methode der Selbstbeherrschung gemeinhin beschrieben wird: Die Formel «sie biß sich auf die Lippen» ist offensichtlich mit einem einzigen Biß unmöglich auszuführen, und es wäre schlicht grotesk, fast komisch, sich mit den unteren Schneidezähnen auf die Oberlippe zu beißen.

«Allem Anschein nach verwenden viele weiße Sportler zum Schwärzen ihrer Haut eine Technik mit dem gegenteiligen Effekt wie die Methode dieses jungen Mannes, Michael Jackson. Schwarz zu sein, erhöht nicht nur die Akzeptanz beim Publikum, besonders beim Laufen über mittlere Strecken, beim Basketball oder als Außenstürmer beim Fußball, nein, auch die sportliche Leistung steigt, sobald man die Farbe wechselt. Man stelle sich diesen Skandal vor! Die verdächtigen weißen Sportler schaffen widernatürliche Rekorde, und die schwarzen nicht... Und es ist zu erwarten, daß das Kapitel der Sabotageakte damit noch nicht abgeschlossen ist... Deshalb brauchen wir Sie, Carvalho.»

«Der Olympiabetrieb versetzt mich in einen Zustand metaphysischer und konkreter Angst.»

Samaranch schnippte mit den Fingern, und der Hofpsychiater eilte herbei.

«Lösen Sie das Problem der metaphysischen und konkreten Angst, das den Señor hier quält!»

Der Psychiater musterte Carvalho argwöhnisch. «Mal sehen... Strecken Sie die Zunge heraus!»

Er untersuchte die Zunge mit einem gewissen Ekel und zuckte die Schultern. «Das klingt mir sehr nach Literatur. Was heißt das, metaphysische Angst? Nachgewiesen ist das Vorhandensein der automatischen Angst, die Freud in *Hemmung, Symptom und Angst* untersucht hat, oder die Angst vor realen Dingen, ‹Realangst›, wie sie Freud nennt. Das sind die Grundängste, alles andere sind Ängste, die leichtfertig so genannt werden, um demjenigen, der sie hat, zu schmeicheln und ihm um so leichter die Rechnung vorlegen zu können: visuelle Angst, Prüfungsangst, Geräusch-, Schul-, Bühnen-, Situationsangst... Ich bin Psychiater beim Staatlichen Gesundheitsamt, ich glaube an den Sozialismus im Gesundheitswesen und halte überhaupt nichts von metaphysischem Geschwätz.»

Samaranchs Empörung über den Wissenschaftler wurde zusehends größer. «Der Klient hat immer recht!»

Er wandte sich an Carvalho und zog resigniert und komplizenhaft die Brauen hoch. «Hören Sie nicht auf ihn! Wir verstehen Sie, und Ihnen wird geholfen, indem Sie uns helfen. Sie verspüren Angst, und das ist genau der Grund, warum wir wollen, daß Sie diesen Fall übernehmen. Minister Corcuera, der keine Angst verspürt, braucht parallele und konvergente Ermittlungen, die aus einem privaten und von Angst geprägten Blickwinkel geführt werden. Kein Mensch wird auf den Gedanken kommen, daß Sie parallel zu den offiziellen Ermittlungen tätig sein könnten! Wir bezahlen jeden Preis, aber berücksichtigen Sie bitte, daß es sich um eine philosophische und wohltätige Sache handelt!»

Als sie diese Adjektive hörten, konnten sich verschiedene IOC-Mitglieder kaum das Lachen verbeißen; manche wälzten sich sogar am Boden, von Lachkrämpfen quasi diabolischen Charakters geschüttelt. Sie gehörten zur Aristokratie und hatten von klein auf gelernt, daß es keinen Grund gab, ihre Gefühle zu verbergen. Carvalho starrte auf ihre Hälse, als seien seine Blicke Fallbeile, aber sie blieben liegen, lachten und nippten dabei wie ihre Vorbilder, betrunkene Dilettanten aus Hollywood-Komödien der vierziger Jahre, *Knockando Gran Reserva* aus einem goldenen, mit Perlen verzierten Flachmann, den das IOC seinen Mitgliedern anläßlich des fünfhundertsten Jahrestages der Entdeckung des Basketballspiels bei den Mayas verehrt hatte.

«Wenn nicht für Geld, so tun Sie es aus Patriotismus, aus katalanischem, spanischem oder olympischem Patriotismus!»

Ein Speichellecker, der auf der Gehaltsliste der Speichellecker, Kofferträger und offiziellen Dichter des IOC ganz oben stand, sekundierte:

Olympia taucht auf aus der Kultur der Menschheit
und kehrt zurück in ihren Schoß, wie ein Spiel
von Göttern, die fallend sich erheben
vom Olymp herab zu menschlicher Größe,
denn Menschen sind sie und besiegbar;
Staub sind sie und beißen Staub, besiegt,
oder Goldstaub von der Siegesgöttin Lippen,
Staub sind und bekommen sie, doch wird er glühen von Liebe.

Prinzessin Anne schmetterte den Ungebetenen mit Blitzen aus ihren Augen zu Boden, und Samaranch stieß zwischen zusammengepreßten Zähnen hervor: «Was sind Sie für ein Idiot!»

Der spanische Wirtschaftsminister tauchte aus dem Schatten auf und drohte: «Carvalho, entweder Sie kooperieren, oder ich schicke Ihnen das Finanzamt zur Inspektion!»

Er verschwand wieder im Schatten, und Carvalho glaubte, es sei alles ein Traum gewesen, aber nein, er befand sich im Herzen des olympischen Forts, denn aus einem der oberen Stockwerke drangen die Triller von Montserrat Caballé, die die olympische Nach-Tisch-Hymne übte.

«Ich will, daß die Drahtseile des Fernsehturms von Foster, der neben meinem Haus in Vallvidrera gebaut wurde, gekappt werden!»

Diesmal war es kein entsetztes «Oh!», das über den Köpfen des IOC und anderer Anwesender aufstieg wie Flämmchen von sehr schlechtem Butangas. Nur der offizielle Poet wagte, Carvalho entgegenzutreten: «Verräter! Du willst die Symbole der Moderne zerstören, die wir so hart erkämpft haben!»

«Schafft mir diesen Modernen vom Halse, oder ich garantiere für nichts!»

«Diese Stadt ist die Frucht der heiligen Allianz zwischen dem Fürsten, der die moderne Zeit brachte, und den Architekten!»

Mit einem einfachen Lidschlag brachte Samaranch den Lohnschreiber zum Schweigen und gab Carvalho nach. «Er wird fallen!»

«Das hoffe ich. Von weitem trügt er das Auge. Aus der Nähe betrachtet, ist er die reinste Orthopädie. Jedes Drahtseil, das ihn hält, eine Krücke. Aber wenn er nicht fällt, muß er abgerissen werden! Für die Nachrichtenverbindungen des Jahres 2001 wird eine gute Buschtrommel genügen.»

«Warten Sie, bis die Spiele zu Ende sind! Andernfalls können wir sie nicht übertragen.»

«Also gut. Und jetzt will ich einen detaillierten Lagebericht.»

Samaranch schnippte mit den Fingern, und der zuständige Exeget erstattete Bericht, wobei er die abgedroschensten Normen des epischen Theaters imitierte.

«Alles begann, als das olympische Feuer in Olympia selbst geraubt wurde... bei der ersten Staffelablösung... Vom Olymp herab wehte der Zorn des Zeus, und weitere Zeichen des Unheils waren unabwendbar... auf dem langen Weg des Feuers von Olympia nach Ampurias... dann durch alle Länder Spaniens... um endlich Barcelona zu erreichen... Entführungen... Verkehrsunfälle... Überschwemmungen...»

«Entführungen?»

Carvalho hob eine Braue wie Gregory Peck, wenn er Gefühl,

Mangel an Gefühl, widerstreitende Gefühle, Leidenschaft, Mitleid, Instinkt, Gefühlsbetontheit, Herzlichkeit, Taktgefühl, Erschütterung, Innigkeit, Introvertiertheit, Extrovertiertheit, seelische Verletztheit, Glück, Haß, Schmerz, Pathos und Verlegenheit, vor allem Verlegenheit ausdrücken wollte.

Baron de Coubertin glaubte, die Erziehung ändere das Verhalten und könne es deshalb auch regenerieren. Im Zuge der industriellen Revolution siedelten die Landarbeiter in die Stadt über, und die körperliche Tätigkeit, deren Regeln der Kampf gegen die Natur festgelegt hatte, mußte sich an die festen Räume der Fabriken und das festgelegte Schema industrieller Arbeit anpassen. Außerdem lebte die neue Arbeiterklasse eingepfercht in Stadtviertel, die Bourgeoisie und Aristokratie nicht brauchten, und ihr Gesundheitszustand und die hygienischen Bedingungen waren erbärmlich. Merkwürdigerweise erfanden die Wohltäter des 19. Jahrhunderts den Breitensport, damit die Industriesklaven weniger unglücklich seien, und sportliche Wettkämpfe zwischen den Staaten, um zu beweisen, daß der Friede in der Tat die Verlängerung des Krieges war und ein Festhalten am Training erforderlich machte, für künftigen Kriegserfolg. Eine gut trainierte gesellschaftliche Mehrheit produziert besser und, falls der unvermeidliche Krieg ausbricht, tötet sie besser. So dachte der herrschende Block während der industriellen Revolution... hätte ein Denker gesagt, der kein Marxist mehr war, sondern einfach ein Mindestmaß an Information besaß, wenn man ihn in dem Klima olympischer Indoktrination vor den Spielen überhaupt hätte zu Wort kommen lassen. Aber die kritischen Geister waren, wie man wußte, dagegen, daß Spanien Austragungsort der Spiele wurde, möglicherweise waren sie auch geistige Erben der unglückseligen Franzosenfreunde und wollten daher, daß die Spiele Paris zugesprochen wurden, oder wenn nicht, dann jeder anderen Stadt, die weiter als tausend Kilometer von jeder spanischen Stadt entfernt lag. Gegen die olympiafeindlichen Marxisten, die ihren ganzen obstruktionistischen Kanaillengeist von den Fronten des internationalen Klassenkampfes abgezogen hatten, um sich dem optimistischen Wettkampfgeist der Olympischen Spiele entgegenzustemmen...

«Euch ist Kains Mord als Ausdruck der Teilung der Menschheit lieber als der Wettkampf des engelgleichen Abel!»

...wurde ins Feld geführt, daß der Impuls der Sport- und Hygienephilosophie des 19. Jahrhunderts den Erneuerungsbestrebungen aufgeklärter Geister zu verdanken sei, beispielsweise dem spanischen Obersten Amorós, der im Gefolge der geschlagenen napoleonischen Truppen nach Frankreich ins politische Exil ging, ein liberaler und sportbegeisterter Mann, der in Frankreich etwas in der Art des schwedischen Turnens predigte, den Franzosen aber verschwieg, daß es sich um schwedisches Turnen handelte. Thomas Arnold, ein englischer Pädagoge, schmuggelte ins herrschende Bewußtsein der Engländer Begriffe und Konzepte ein wie Training, körperliche Leistung, Leiden, um schwellende Muskeln zu bekommen, und Respektierung des Gegners im sportlichen Sieg wie in der Niederlage, dabei stets mit der Erwartung, ihm zu zeigen, was eine Harke ist, falls er den gesellschaftlichen oder internationalen Vertrag brechen sollte. In ihre Fußstapfen trat der junge Pierre de Frédy, besser bekannt als Baron de Coubertin, ein langweiliger und unausstehlicher Mensch, mit dem, seinen Bekannten zufolge, nicht gut Kirschen essen war. Ganz falsch ist die Ansicht, der Baron sei Pazifist gewesen. Er war ein französischer Imperialist, der für die Expansion seiner eigenen Nation gegen die englische eintrat, und der Pazifismus kam bei ihm erst mit dem Alter, genau wie gute Gefühle mit der körperlichen und geistigen Unfähigkeit zu schlechten Gefühlen zu kommen pflegen.

All dies ging Carvalho durch den Kopf, als er den angeblich idealistischen olympischen Geist Coubertins mit dem Merkantilismus von Samaranch und seiner Truppe verglich, die bereit waren, Poker zur olympischen Disziplin zu erheben, wenn sich ein entsprechender Sponsor fand. Sollte die Sabotage auf üblen Machenschaften der Mumie des über die Korruption des olympischen Gedankens erbosten Barons beruhen? Und da dies kaum anzunehmen war, woher kam die Sabotage dann? Zu Coubertins Zeiten hätte sie das Werk eines beleidigten Sportlers sein können, der sich gezwungen sah, seinen Idealismus zu beweisen; sie hätte auch von einer Macht ausgehen können, die am organisatorischen Scheitern des Staates interessiert war, der die Spiele ausrichtete. Aber in der Ära Samaranch lag es näher, an eine terroristische Verschwörung oder einen Sponsor zu denken, den die Organisatioren verärgert hatten, als sie dem Kakaopulver der Konkurrenz den Vorzug gaben. Das Inventar der Sabotageakte führte zur Kasuistik. Aber vielleicht war der widernatürliche Rekord Ben Johnsons bloß das Ergebnis einer nach dem Skandal von Seoul verinnerlichten psychosomatischen Spannung, die der Sportler nun mit übermenschlicher Anstrengung sublimiert hatte – auch wenn der Papst in Rom, von seiner Tumoroperation noch nicht ganz genesen, das Wasser in seinen Jordan zu leiten versuchte und behauptete, er habe viel für Johnson gebetet, damit Gott dem gestrauchelten Leichtathleten seine Sünden vergebe; dabei ist Doping nach der neuesten Ausgabe des Apostolischen und Römischen Katechismus keine schwere Sünde, höchstens eine läßliche.

Der Coup der falschen schwarzen Sportler war Ausdruck einer kulturellen Korruption, deren Grund in dem Streben nach Erfolg um jeden Preis sowie in der Suche nach dem Beweis für die These lag, die Verpackung bedinge den Inhalt. Im herkömmlicheren Sinne kriminell war die Entführung einer so bunten Mischung von Personen, daß man meinen konnte, die chaotische Aufzählung eines surrealistischen Dichters der vierziger Jahre vor sich zu haben: sozialistische Bürgermeister, eine Nonne aus Orihuela, ein Vorstandsmitglied von *Real Madrid*, ein glückloser Verführer Minderjähriger und Bernard Henri Lévy in der Kleidung eines Lkw-Fahrers der CGT, soeben aus Sarajevo angekommen, wo er als «Bonsai» von Malraux aufgetreten war, an der Seite von Mitterrand, der sich überraschend zu einem De-Gaulle-«Bonsai» entwickelt hatte. Zum Glück hielten sich die lokalen Medien an die Anweisung des IOC und der spanischen Regierung, nur Wahrheiten zu verbreiten, die für die Modernisierung Spaniens und den Erfolg der Olympischen Spiele notwendig waren. Daher wußte, gewollt oder ungewollt, nur eine Handvoll Regierungstreuer von den Subversionsversuchen. Wenn eine Verschwörung dahintersteckte, dann lag es im Interesse der Verschwörer, daß die Sache publik wurde – oder beschränkten sie sich darauf, indirekte Warnungen zu geben, um die Geduld des IOC auszuhöhlen? Hatte man ihm überhaupt die ganze Wahrheit erzählt, oder gab es bereits Kontakte zwischen Saboteuren und Verantwortlichen der Spiele, wurde schon über die Höhe des Lösegeldes verhandelt? Wenn ja, warum hatte man es dann so furchtbar eilig gehabt, Carvalho herbeizuholen? Der Detektiv hatte einen überall gültigen Passierschein bekommen, mit dem er sich als Heiliger Olympischer Geist in allen entsprechenden Einrichtungen frei bewegen konnte. Er schnüffelte lange genug in den Restaurants für Sportler und Berichterstatter umher, um zu erkennen, daß die Olympischen Spiele nicht zur Emanzipation des menschlichen Gaumens beitrugen: Fast food, in allen Speisen Proteine, Vitamine und Ballaststoffe. Er befragte führende Sportler, um herauszufinden, ob irgendein besonders frustrierter Sponsor die Möglichkeit hatte, jemanden einzuschleusen. Carvalho suchte, für den Fall, daß die Sabotage ein Racheakt der Länder des Südens gegen den Norden war, ganz besonders den Kontakt zu islamischen Teilnehmern; er folgte sogar dem Motto *Cherchez la femme*..., das genauso platt war wie die Methode, Morde irgendwelchen Landstreichern – meist ausländischer Herkunft – in die Schuhe zu schieben, sehr beliebt in Kriminalromanen mit Wiesen, Butlern, die stets «ausgezeichneten» Portwein servieren, und von innen verschlossenen Räumen, wie bei Agatha Christie, also aus vorsintflutlicher Zeit.

Und nationalistischer Terror? Katalanen? Basken? Die Katalanen schieden aus, weil sie ihre Ziele bereits erreicht hatten: daß sie ihre antispanische Hymne während der Eröffnungsfeierlichkeiten in Anwesenheit des Königs von Spanien singen konnten und daß eine Quote von fünfzehn Prozent den König auspfeifen durfte, falls sie die Liebe zur Monarchie überwinden konnten, die jeder Mensch in sich trägt. Der König hatte seine Notizen für die *Ständige Professionelle Instruktion für amtierende Könige und Fürsten* zu Rate gezogen und sein Placet gegeben, nachdem er folgenden Passus gelesen hatte: «Wo du auch seist, singe das, was die anderen singen!», ergänzt durch den Abschnitt: «Bist du ein guter Seefahrer, wirst du zu dem Schluß kommen, daß Fahnen nur, und auch das nicht immer, im Kriegsfall nützlich sind. In Friedenszeiten sind lediglich die Signalflaggen notwendig.» Für den Fall, daß diese Ratschläge nicht ausreichen sollten, beriet sich der König mit Jordi Pujol, dem Präsidenten der Autonomen Regierung Kataloniens, einem gemäßigten Nationalisten.

«Wenn man es recht überlegt, Majestät... wir Katalanen sehen es gern, wenn man uns ernstnimmt.»

«Wir Könige ebenfalls.»

«Schade, daß Sie und die Königin sich nicht dazu entschließen können, noch ein Kind zu bekommen! Wenn es ein Junge würde, könnten Sie ihn Jordi nennen, und ein Mädchen Nuria, dann hätten Sie die Katalanen für alle Zeiten in der Tasche. Wir sind sehr gefühlvoll.»

«Mitten in der nicht identifizierten Krise des Kapitalismus Kinder in die Welt zu setzen... Ist es die zyklische Krise wie immer? Oder die allgemeine Krise, von der die Propheten sprechen? Noch mehr Kinder, bei den Preisen heutzutage! Schon allein das Wohnen! Diese glorreichen Ereignisse haben das Wohnen verteuert. Noch mehr Kinder? Nein. Das wäre gewagt.»

«Wenn Sie es sagen, Majestät...»

Was die baskischen Terroristen betraf, so würden sie es nicht wagen, sich der internationalen Öffentlichkeit als Umstürzler zu präsentieren, ohne eine Internationale hinter sich zu wissen, wie rückständig sie auch sein mochte.

«Es gibt sinnlose Phänomene, wie den Rekord von Johnson, die bringen uns nicht weiter... die Entführungen... das ist des Pudels Kern!»

Das sagte Carvalho zu Samaranch, als dieser die Audienz für beendet erklärte, aber dem weltbekannten Katalanen schien das Verschwinden dieser Leute nicht übermäßig am Herzen zu liegen, jetzt, nachdem sich die Journalisten zurückgezogen hatten. Unbeeindruckt steckte er dem Detektiv die Hälfte eines Schecks über fünf Millionen senegalesische Francs in die Tasche.

«Die andere Hälfte bekommen Sie, wenn Sie den Auftrag erledigt haben.»

Trotz aller Niederlagen der *ratio*, von der französischen Restauration 1815 bis zu Walesas Machtantritt in Polen, gab sich Carvalho bisweilen als Rationalist. Er beschloß, den Scheck anzunehmen, nach Hause zurückzukehren, das kleine Reich seiner Küche wieder in Besitz zu nehmen, sich einen Topf kräftig gewürzter Bohnen zuzubereiten, gefolgt von einem *confit d'oie*, und im Kamin einen Scheiterhaufen zu errichten, nur einen kleinen, denn die feuchte Julihitze war erdrückend. Das Feuer entzündete er mit einem kleinen Buch über die Olympischen Spiele von Andreu Mercé Varela, *Von Olympia nach München*, das für einen ebenso unzeitigen wie rituellen Scheiterhaufen genügen mußte. Während er noch wartend zusah, wie die Flammen erloschen, klingelte es. Vom Zimmerfenster aus sah Carvalho eine Gestalt unbestimmbaren Geschlechts, was durch die Kleidung, die sie verhüllte, noch betont wurde. Ein Trenchcoat? Verdächtig. Aber, sagte er sich, wenn ich mitten im Juli ein Kaminfeuer anzünde, warum sollte ein Trenchcoatliebhaber zu dieser Zeit auf seine Lieblingskleidung verzichten? Carvalho drückte den Knopf des elektrischen Türöffners, prüfte nach, ob seine Pistole geladen war, und nahm auf dem Sofa Platz, genau gegenüber der Tür, in der dieser undefinierbare Besucher jeden Moment auftauchen mußte. Sie öffnete sich unverzüglich und bot kaum Platz für die zweidimensionale Wahrnehmung dieses hünenhaften Körpers, der in einem leichten Seidentrenchcoat steckte. Das Gesicht blieb im Schatten, und aus den Mantelaufschlägen hervor drang die durch die Menopause geschärfte Stimme einer Marlene Dietrich.

«Pepe Carvalho?»

«Möglich.»

Die Person trat einen Schritt vor. Es war eine Frau von so massigem Körperbau, daß sie wie ein homosexueller Boxer wirkte. Zudem hielt sie eine Pistole in der Hand.

«Und dieses Feuer?»

Der weibliche Eindringling deutete auf den offenen Kamin. Und deklamierte, ohne eine Antwort abzuwarten:

Von meinem kleinen glücklichen Reich
blieb mir diese Gewohnheit der Wärme
und eine Schwäche für den Mythos.

Carvalho, unbeeindruckt von diesen so trefflich vorgetragenen Versen, fragte: «Rabindranath Tagore?»

Und sie antwortete mit salbungsvoller Feierlichkeit: «Jaime Gil de Biedma.»

Die Frau legte den Trenchcoat ab, ließ ihn mitsamt der Pistole einfach fallen, und vor Carvalho stand ein Turmbau zimtfarbener Muskeln in knappem Tanga und einem Halter für Brustwarzen, die ebenfalls kleine Muskeln zu sein schienen. Als gäbe sie der Macht der Gewohnheit nach, begann die Frau nun, Posen für Bodybuilding-Wettbewerbe einzunehmen, während Carvalho versuchte, sich an die Namen der Muskeln zu erinnern, die, der Fernbedienung ihres Gehirns gehorchend, vor seinen Augen an- und abschwollen. Nur Bizeps und Trizeps fielen ihm ein, sowie der Buccinische Lachmuskel, ein Muskel, dem die Fähigkeit zu lächeln zugeschrieben wird, aber es war kein Lächeln, was das Gesicht des weiblichen Eindringlings zeigte, sondern stirnrunzelnde, hartnäckige Verbissenheit. Sie brachte ihre Übungsreihe zu Ende und stand vor ihm in Erwartung eines Urteils.

«Wie fanden Sie's?»

«Ich verstehe nichts von Kraftsport; außerdem glaube ich, daß ihr diese Körper dadurch bekommt, daß ihr Schweinereien eßt. Eigentlich seid ihr Theologen und gehört zum breiten Spektrum der Ernährungstheologie.»

«Wie kann ein Spanier, Kind eines Volkes von barbarischer Ernährung, es wagen, die Ernährung einer Bodybuilderin zu kritisieren, die rationalste Ernährungsweise der Welt? Man ist, was man ißt, und wir halten uns vor allem an die muskelaufbauenden Proteine. Welche Erzeugnisse haben den größten Proteingehalt? Langustenschwänze! Vierzig Prozent!»

«Nach Ihrer Theorie würde man durch häufigen Verzehr von Langustenschwänzen Gefahr laufen, selbst einer zu werden!»

«Langustenschwänze mag ich nicht. Eher nehm ich einen geringeren Prozentsatz an Vitaminen in Kauf, aber es muß Fleisch sein. Die Schweinekeule hat bis zu fünfundzwanzig Prozent, die Kalbslende nur einundzwanzig. Walfleisch, mein Leibgericht, bringt es nur auf zwanzig Prozent Proteingehalt.»

Die Frau bemerkte die Mischung aus Verachtung und Grauen, die sich wie eine Marmelade auf dem scheinbar unbeeindruckten Gesicht Carvalhos ausgebreitet hatte, und änderte ihre Taktik.

«Ich bin aber keineswegs Ernährungstheologin oder etwas dergleichen. Mein Name ist Vera Musovic, ich bin Serbin.»

«Könnten Sie sich nicht als Kroatin ausgeben? Die Serben haben in letzter Zeit eine sehr schlechte Presse.»

«Das Vierte Reich will uns an den Kragen! Ich möchte an den Olympischen Spielen teilnehmen, und man gestattet es nicht. Alle Welt ist für die Kroaten.»

«Sie haben sich in der Tür geirrt! Ich besitze keinen Einfluß, weder im Sport noch in der Politik.»

Die Frau nahm ihren Trenchcoat wieder auf, wühlte in seinen Taschen und brachte einen Umschlag zum Vorschein, der dem Aussehen nach eindeutig aus der Sowjetunion vor der Perestrojka stammte. Der Umschlag wechselte den Besitzer, Carvalho öffnete ihn, und zum Vorschein kam seine Akte aus den Geheimarchiven des KGB.

«Woher haben Sie dieses Material?»

«Das KGB ist dabei, seine Archive zu Ausverkaufspreisen loszuschlagen; einer meiner Bodybuilding-Kollegen kaufte einen hübschen Posten zu einem sehr guten Preis, und er überließ mir eine Reihe von Akten, um mir in Spanien den Weg zu ebnen. Sie sind ein Pionier der Postmoderne, der erste postmoderne Detektiv – zuerst Kommunist, dann CIA und schließlich die Privatinitiative: ein freier Unternehmer.»

«Meine Postmodernität gipfelt in der Tatsache, daß ich in einer finanziellen und existentiellen Krise stecke. Ich lasse mich umschulen, um der Segnungen der sozialen Konvergenz im Kielwasser der Maastrichter Verträge teilhaftig zu werden. Was wollen Sie von mir?»

«Ich kann Ihnen helfen, alle Rätsel aufzuklären, die die Olympischen Spiele überschatten – als Gegenleistung für die Genehmigung, hundert Meter flach für Frauen mitzulaufen. Bodybuilding verleiht dem weiblichen Körper eine gute Eignung zu schnellem Laufen.»

Sie begann wieder, ihre Posen einzunehmen, und Carvalho wurde schläfrig. Er gab ihr den Umschlag zurück, gähnte, erhob sich, reckte und streckte sich, gähnte noch einmal, nahm den Trenchcoat vom Boden auf und hängte ihn über ihren quasi metallenen Körper, der aussah, als sei die ganze Orgie von Muskeln von einer hautengen Kupferhülle überzogen. Carvalho trat, noch einmal gähnend, einen Schritt zurück, um zu sehen, ob sie sich endlich angesprochen fühlte. Dies war nicht der Fall, im Gegenteil, sie legte dem Detektiv eine Hand, leicht wie eine Taube, auf die Schulter und zwang ihn so, in seiner Fluchtbewegung innezuhalten, denn die Leichtigkeit dieser Hand war nur vorgetäuscht, und Carvalho spürte den lähmenden Effekt des magnetischen Kraftfeldes, das von diesem Körper mit seinen aggressiven Schwellungen ausging.

«Willst du nicht mit mir Liebe machen?»

«Das wäre, als würde ich's mit einer Computersimulation von Spielberg treiben.»

«Und macht dich das nicht an, eine Nummer mit einer Computersimulation von Spielberg?»

Der Druck der Hand wurde fordernder, bis Carvalho genötigt war, sich umzudrehen und der Frau Aug in Auge gegenüberzustehen. So aus nächster Nähe betrachtet, hätte sie tatsächlich Marlene Dietrich sein können, in einem unbestimmbaren Lebensabschnitt, zwischen dreißig und neunzig. Nur die Augen und die Lippen schienen von aggressiven Sportübungen verschont geblieben zu sein, und ihren Lippen strebten Carvalhos Lippen zu; aber dann wurde er weggeschoben, zurückgewiesen von einer schamhaften Frau, die das Gesicht abwandte und in förmlichem Ton murmelte: «Was werden Sie von der serbischen Frau denken!»

Der Nationalismus bricht, genau wie jede andere Ideologie, in den unpassendsten Augenblicken hervor – diese Erfahrung hatte Carvalho schon bei den ersten sexuellen Begegnungen mit einigen seiner marxistischen Genossinnen gemacht. Sie konnten sich nicht den BH aufhaken lassen, ohne vorher eine Erklärung über den Sinn der indirekten Apologie im kritischen Bewußtsein von Lukács abzugeben. Die Veränderung der sinnenfeindlichen Kultur erfolgte mit dem Generationswechsel. Als man anfing, sich ohne die geringste Bemerkung zum augenblicklichen Verhältnis zwischen objektiven und subjektiven Bedingungen zu entblättern, hatte sich etwas ganz Fundamentales in der marxistischen Seele verändert.

«Ich kann Ihnen helfen, die Verschwundenen aus den Reihen der olympischen Fackelläufer zu finden.»

Er wußte aus seiner langen Erfahrung als Detektiv, daß die interessantesten Enthüllungen eine abwertende Behandlung verlangen, bis es gelingt, den Informanten nervös zu machen und an der Wichtigkeit seiner Botschaft zweifeln zu lassen. Schließlich war die Sache mit den verschwundenen olympischen Fackelläufern noch nicht zu Ende, denn angesichts des Teilnahmeerfolgs hatte ein findiger Geschäftsmann die Konzession für den privaten olympischen Stafettenlauf erhalten, und die Fackelträger, die für fünfhundert Meter sportlich-olympischen Orgasmus fünfzehntausend Peseten bezahlt hatten, liefen immer noch in ganz Spanien. Das IOC hatte die Aktion bis zu den Spielen von Atlanta genehmigt und dafür dreißig Prozent Gewinnbeteiligung und monatlich einen iberischen Schinken mit echter schwarzer Klaue für jedes Mitglied verlangt – mit Ausnahme der jüdischen und muslimischen Mitglieder, die als Ersatz für die achtundvierzig Schinken den Zugang zu privilegierter Information erhielten. Dabei war es gleichgültig, um was für Informationen es sich handelte, Hauptsache, sie waren privilegiert. Manches IOC-Mitglied, auch altgediente Christen und rettungslos Süchtige nach allen Genüssen, die das Schwein zu bieten hat, äußerten plötzlich einen ungeahnten Widerwillen gegen Schinken und akzeptierten dafür Informationen über die Umschreibung von Grundstücken in Atlanta und in jenen Stadtgebieten von Barcelona, die nach der durchschlagenden Wirkung der olympischen Bautätigkeit neu gestaltet werden sollten. Aber diese Frau besann sich auf ihre patriotische Keuschheit, die schon ein großer serbischer Nationaldichter besungen hatte...

Wenn die Serbin küßt
dann küßt sie mit echtem Gefühl
und keine verspürt das Gelüst
nach frivolem Spiel

... und kam wieder auf Carvalho zu, entschlossen, ihn zu überzeugen, im Guten oder im Bösen.

«Soll ich dir sagen, wo wir die entführten Fackelträger gefangenhalten?»

«Sag es, wenn du unbedingt mußt!»

«Bist du ein Psychologe? Die Psychologie ist eine Wissenschaft im Dienst des Kleinbürgertums.»

«Du bist vielleicht Serbin, Mädchen... aber du bist auch Marxistin.»

«Fällt es sehr auf? Ich strenge mich an, mich zu regenerieren, aber...»

«Bleib bei deiner Religion! Wenn du es geschafft hast, zum richtigen Glauben zu finden, warum solltest du ihn für einen falschen aufgeben?»

Serbinnen sind leicht aus dem Konzept zu bringen, vor allem, wenn sie dem Kraftsport huldigen, dachte Carvalho, als er sah, daß die Frau abrupt stehenblieb und ihn fassungslos ansah. Ein Wurfspeer, geschleudert aus Gott weiß welcher unerhörten Entfernung, hatte ihren *Musculus infraspinatus* durchbohrt; seine blutige Spitze ragte als monströse dritte Brustwarze aus dem *Pectoralis major** hervor.

Glücklicherweise gestattete das erstaunliche Muskelgefüge, daß Carvalho von hinten den Spieß herausziehen konnte. Obwohl Vera für einen Augenblick zu Boden sank, erholte sie sich schnell und versuchte so zu tun, als sei alles völlig normal. Carvalho deponierte den blutigen Speer im Garten. Er war eindeutig aus dem Wald ge-

* Untergrätenmuskel, Großer Brustmuskel

worfen worden, mit gnadenloser Präzision, aber jetzt war nicht der Moment, dem Übeltäter nachzusetzen, sondern das Blut zu stillen, das, dicker als anderes Blut, aus dem Einstich und Austritt der Lanze quoll. Sie verbanden die Wunden, so gut es ging, und stiegen ins Auto, um zum nächsten Krankenhaus zu fahren. Aber als sie die Straße erreichten, die nach Barcelona hinabführt, sahen sie über der Silhouette der Stadt merkwürdige Gegenstände zum Himmel aufsteigen. Als sei das ganze olympische Dorf dabei, ein großes Fest zu feiern. Unterweg sammelte Carvalho Kollektionsmuster der fliegenden Gegenstände ein: Wurfhämmer, Diskusscheiben, Hochsprungstäbe, Speere, Fuß-, Tennis-, Basket- und Pingpongbälle... Was ging hier vor? So groß Carvalhos Überraschung war, sie prallte an der stummen Zurückhaltung der serbischen Muskelfrau ab. Sie korrigierte nicht einmal Carvalhos Äußerungen.

«Ohne Flugobjekte hätte die Skyline der Städte keinen Sinn. Alles, was da umherfliegt, muß zum Festprogramm gehören.»

Die Notaufnahmestationen der Krankenhäuser wimmelten von Leuten, die vom Hagel der aus den olympischen Trainings- und Wettkampfstätten entwichenen Gegenstände getroffen worden waren. Der Zivilgouverneur überlegte noch, ob er das Notstandsgesetz, das städtische Mietgesetz oder das Alkoholverbot in Kraft setzen sollte, und alle Polizisten der Stadt hatten Befehl, die Gegenstände einzusammeln, sobald sie zu Boden fielen, um die Bedeutung der Sache herunterzuspielen und dem Ausbruch einer Panik unter Einheimischen und Gästen vorzubeugen. Polizisten in roten, grünen und rosavioletten Uniformen, mit Maschinengewehren mordend, mit Maschinengewehren getötet, in Stiefeln, barfuß, liebenswürdig, sprachbewandert, blutrünstig, parallel, konvergent oder schräg, hielten nacheinander Carvalhos Auto an und bezweifelten die Wahrhaftigkeit seiner Erklärungen über die Ursache der Wunden der serbischen Bodybuilderin. Ein Polizist aus Leidenschaft, der seinen Beruf bei einem Fernkurs der *Clint Eastwood Courses* an der Carmel University erlernt hatte, wagte schließlich, sie festzunehmen und wie Jagdtrophäen vor das Sicherheitskomitee zu schleppen, dessen außerplanmäßigen Vorsitz Señor Corcuera führte, der Minister der Strukturellen Gewalt, auch Minister des

Innern genannt. Dieses Individuum war schwer zu beschreiben, vor allem für Leute, denen die Kultur des Stierkampfs fremd ist und die sich nichts darunter vorstellen können, wenn ihnen jemand sagt, Corcuera sehe aus wie ein wütender Picador, den das Publikum gellend auspfeift, weil er allzu ausgiebigen Gebrauch von seiner Pica gemacht hat. Verbissene, finstere Miene, ein Gesichtsausdruck wie ein Haufen Steine und kleine Augen, die den Rest der Menschheit als Schuldige entlarven. Auch sein Tonfall hatte nichts Beruhigendes, im Gegenteil, auf seinen Lippen erwarb die menschliche Stimme die Tonlage eines Kommandeurs, der Verhaftung, wenn nicht Kapitulation befiehlt. Diese Stimme war es, die das Harmloseste befahl, was ihr Carvalhos Anwesenheit nahelegte.

«Durchsuchen!»

Carvalho war hinreichend mit Dokumenten versehen, um die Prüfung ehrenhaft zu bestehen; die Serbin jedoch trug unter ihrem Trenchcoat nichts als Muskeln und die Speerwunden.

«Echt komisch, die Alte!»

Das bemerkte Corcuera, der gerne die Nummer des Primitivlings überzog, weil er früher Elektriker gewesen war.

«Ich warne Sie, diese Frau hat viel Blut verloren und braucht so schnell wie möglich ein Bluttransfusion!»

Der Minister warf Carvalho einen mörderischen Blick zu. «Wenn einer hier die Befehle gibt, dann bin ich das! Halten Sie mich etwa für blöd, nur weil ich Sozialist bin, oder für einen skrupellosen Revoluzzer, der die öffentliche Ordnung verachtet und Barbareneinfälle liebt? Hier, auf dem Posten, auf dem ich stehe, wäre ich unfähig gewesen, den Befehl zur Enthauptung von Marie Antoinette zu geben, und bei Louis XVI. wäre es auf den Zeitpunkt angekommen.»

Der Blick des Ministers suchte die Unterstützung des Königs, der an einem Tisch saß, auf die Ellbogen gestützt, und ins Studium des *Handbuchs zur ständigen professionellen Instruktion für amtierende Könige und Fürsten* vertieft war.

«Majestät, sagen Sie diesem Schnüffler, daß er keinen Königsmörder vor sich hat.»

Jetzt erst bemerkte der König Carvalhos Anwesenheit und erhob sich, um ihm die Hand zu geben. «Mensch, Carvalho ... lassen Sie die Leichen aus dem Spiel! Wie geht es Ihnen? Ich habe bereits von der Sache mit Charo erfahren. Die Frauen sind sehr egoistisch, aber die Entscheidung, nach Andorra zu gehen, ist Material für eine Analyse, das gebe ich zu ... Was macht die Partei?»

«Welche Partei?»

«Kaum zu glauben, Carvalho ... die kommunistische! Wenn sie auch nicht mehr ist, was sie einmal war, so ist sie doch immer noch ‹die Partei› ... eine primäre semantische Referenz, wie mir ein sehr sympathischer Pole namens Adam Schaff erklärte.»

«Meine Mitgliedschaft endete vor dreißig Jahren ...»

«Keine Ressentiments oder Groll, Carvalho ... Man ist Kommunist, wie man Priester ist ... oder König, bis zum Tod.»

Er drückte dem Detektiv die Hand und kehrte zum Tisch und seinem Handbuch zurück. Corcuera wartete schon. «Wie finden Sie den Knaben? Was er nicht alles weiß ... Ein Professor auf seinem Gebiet! Das ist er. Wo waren wir stehengeblieben? Ich bin kein Killer, aber ich weiß genau, wer meine Feinde sind. Auf die Feinde wird zuviel Rücksicht genommen. Unsere Jungs sind an der Adria und überwachen dieses Pack, und wir sollen sie durch die Hintertür nach Spanien hereinlassen, damit sie ihre vergifteten Ideen hier verbreiten können? Wo stehen die Serben ideologisch? Die gehören doch immer noch zur roten Horde!»

Alle hegten die schlimmsten Befürchtungen, aber keiner kannte die genaue ideologische Position der Serben; bekannt war lediglich ein Annexionismus Ortegascher Art, die Entschlossenheit, Serbien zum harten Kern eines neuen Jugoslawien zu machen, wie seinerzeit Kastilien, als es darum ging, Spanien «ein Rückgrat zu geben».

«Sie wollen Jugoslawien in den Griff bekommen. Dagegen kann man Einwände erheben, aber es ist kein Beweis niedriger Gesinnung. Schon Ortega sagte, daß bei jeder echten Einverleibung in ein größeres Ganzes die Gewalt adjektivischen Charakter habe. Die wirklich substantivische Kraft, die den Prozeß in Gang bringt und in Gang hält, ist immer ein nationales Dogma, was Ortega ‹ein wirkungsvolles Programm des Zusammenlebens› nennt.»

So berichtete der arrogante Hofsoziologe von der Universität Madrid, der stets Benetton-Pullover trug.

«Wir sind Ortegianer!» bekräftigte die Serbin.

«Das habe ich mir doch gedacht!» fuhr Corcuera sie an. «Ortega war einer der intellektuellen Waffenlieferanten der spanischen Rechten. Sofort das Ausländergesetz auf diese komische Ziege anwenden!»

«Paß auf, Corcuera, Felipe hält große Stücke auf Ortega y Gasset!» warnte der Soziologe mit Mehrfachbestätigung – er war auch noch Gartenassistent des Ministerpräsidenten und unterstützte dessen eifrige Bemühungen, Bäume zu Bonsais zu verkleinern. Corcuera sah die Umstehenden stirnrunzelnd an. «Sind Sie sicher?»

Man reichte ihm ein Telefon, das ihn direkt mit dem Regierungschef verband.

«Felipe... ich bin's, Corcuera... der, nach dem das Gesetz benannt wurde... Dein Innenminister... Hör mal, also... was hältst du von Ortega y Gasset?»

Der Minister nickte zu der Information, die er erhielt.

«Also, ich dachte schon, er sei... ein Fascho... Ja, das gebe ich zu... Ja, ja, verstehe, verstehe...»

Der Minister hängte auf und setzte, um keinerlei Zweifel an der soeben erlebten ortegianischen Bewußtseinserweiterung aufkommen zu lassen, die gemeinste und herausforderndste Miene auf, deren er fähig war. «Felipe sagte mir, Ortega y Gasset sei ein Pionier der Moderne, und wenn er es sagt, dann hat der Papst seinen Segen gegeben... Bringt mir sofort ein Buch von Ortega!»

Der speichelleckende Olympia-Soziologe trat auf leisen Sohlen näher und beschmierte den granitenen Minister mit dem schleimigen Zellgewebe seiner Bewunderung. «Zufällig trage ich stets etwas von Ortega bei mir, seit ich erfuhr, wieviel der Herr Ministerpräsident von ihm hält... Hier, sehen Sie! Heute ist *Ursprung und Epilog der Philosophie* an der Reihe.»

Corcuera schloß zufrieden die kleinen Augen.

«Lesen Sie mir etwas vor!»

Der speichelleckende Olympia-Soziologe ließ Augen, Lippen und Adamsapfel vorquellen und las:

Wir stellen uns eine Pyramide vor und begeben uns auf einen Punkt von ihr, der auf einer ihrer Kanten liegt. Dann machen wir einen Schritt, das heißt, wir gehen zu einem der rechts oder links von der Pyramide liegenden Punkte. Mit diesen beiden Punkten haben wir eine Gerade in eine bestimmte Richtung erzeugt. Wir gehen weiter von Punkt zu Punkt, und unser Gehen wird eine Gerade zeichnen, die von dieser Pyramidenseite ausgeht. Plötzlich halten wir aus irgendwelchen Gründen – Willkür, Bequemlichkeit oder Zweckmäßigkeit – an. Im Prinzip könnten wir noch viel weiter in diese Richtung gehen. Diese Gerade ist das exakte Symbol unserer ersten dialektischen Serie, die wir Serie A nennen …

«Scheiße …», fiel ihm der Minister ins Wort, verbesserte sich aber sofort: «Ich habe Bücher über Elektrotechnik gelesen, die viel schwieriger waren. Aber lassen wir das und kommen wir wieder zur Sache! Geben Sie mir das Buch, das Geld bekommen Sie von meinen …»

«Es ist ein Geschenk, Exzellenz …»

«Nichts da, keine Geschenke! Später kommt man dann zu mir und bittet um geheime Einflußnahme … Wer kann mir dafür bürgen, daß diese Frau Ortegianerin ist?»

Carvalho hatte schon schlimmere Bürgschaften übernommen, also trat er einen Schritt vor. Der Minister sah ihn scharf an. «Dann wollen wir doch mal sehen … was weiß ein Schnüffler über Don José Ortega y Gasset?»

«Daß er einen zusammengesetzten Familiennamen besaß.»

«Ist das alles? Wo hast du die Schulbank gedrückt, du Intelligenzbestie?»

Carvalho opferte seinen Willen zum Widerspruch der Rettung des Mädchens und dozierte über Ortega: «Ortega y Gasset, José (1883–1955). Aus einer bürgerlichen Madrider Familie hervorgegangen, genau gesagt Sohn des Journalisten Ortega Munilla, dessen Familie schon immer eine Vorliebe für zusammengesetzte Namen hatte. Er besuchte eine Jesuitenschule und studierte Philosophie und Geisteswissenschaften an der Universität Madrid. Nach der Promotion erweiterte er seine Kenntnisse in Leipzig, Berlin und Marburg. Aus seiner Zeit in der letztgenannten Stadt, wo er die Neukantianer Cohen und Natorp hörte, stammte seine anfängliche Begeisterung für die Naturwissenschaft, die nicht frei von lyrischen Tönen war.»

Der Minister wandte sich an den Soziologen. «Hör mal, du Gelehrter, du bist doch einer... Stimmt das alles, was der Schnüffler über Pepe Ortega y Gasset erzählt hat?»

«Es war nicht schlecht... aber vielleicht könnte Julián Marías, der Stellvertreter Ortegas auf Erden, genauer...»

«Mal sehen. Wo steckt dieser Marías? Wenn man ihn am meisten braucht, ist er nicht da!»

Man schleppte den illustren Ortega-Kenner geknebelt herbei, denn die Polizisten hatten sein Geschwafel über Rationalismus und die Betrachtung des Lebens als radikale Realität nicht ausgehalten. Kaum im Tempel des olympischen Geistes angekommen, lauschte Marías konzentriert den Gründen seiner Konsultation und betrachtete Carvalho eingehend.

«Haben Sie gute Augen, junger Philosoph?»

«Bin weder jung, noch Philosoph, doch seh ich leidlich gut! Danke der Nachfrage.»

«Probieren Sie mal meine Brille auf... nur zu! Sie sieht sehr gut aus... Ich kaufe nur das Beste. Wissen Sie, welchen Rasierapparat ich benutze? Es ist der beste auf dem Markt. Hier, nehmen Sie! Rasieren Sie sich, Sie haben's nötig!»

Mit der einen Hand hatte er seine Brille abgenommen, mit der anderen zog er einen elektrischen Rasierapparat aus der Jackentasche. Corcuera wurde ungeduldig.

«Mit so vielen Umschweifen werden wir den Sprung in die Moderne nie schaffen!»

«Ortega sagte: ‹Die Moderne ist eine Geisteshaltung.›»

«Was uns hier interessiert, ist, ob Sie bestätigen können, was dieser Hosenschlitz-Schnüffler über Don José erzählt hat.»

Marías hatte seine Brille wieder aufgesetzt, um Carvalho mit konzentrierter Aufmerksamkeit zu studieren. «Und warum schnüffeln Sie an Hosenschlitzen, junger Philosoph?»

«Dort steht der Baum der Erkenntnis von Gut und Böse.»

«Dieser Gedanke ist mir noch nie gekommen. Wiederholen Sie, was Sie über Ortega sagten!»

Carvalho tat es, und Marías fuhr mit einem kleinen Finger durch die Luft.

«Was meinen Sie mit ‹Bewunderung für die Naturwissenschaften, die nicht frei von lyrischen Tönen war›?»

«Keine Ahnung. Ich habe es damals im Seminar über Grundbegriffe der Philosophie auswendig gelernt, aber kein Wort verstanden.»

Marías war bestürzt. «Für mich ist es ein Glaube, wissen Sie!» beeilte sich Carvalho zu sagen, um keine Enttäuschung aufkommen zu lassen.

«Großartig! Denn der Glaube ist eine Gnade der Vernunft, die ihr gestattet, zum Leben zu erstehen. Es gibt eine Seite von Ortega...»

«Schluß mit dem Quatsch!» fiel ihm der Minister schroff ins Wort, während er sich die Hände gegen die Schläfen preßte und eine Tablette verlangte. Dann wandte er sich an Carvalho.

«Gut, lassen wir's dabei, daß sie Ortegianerin ist. Sie bleibt unter Ihrer Obhut, aber sobald sich herausstellt, daß sie nicht nur Serbin, sondern auch noch keine Ortega-Anhängerin ist, bekommen Sie eine saftige Strafe, und für Ihre Dame gilt das Ausländergesetz.»

Endlich wurde die Athletin medizinisch versorgt, und Carvalho schenkte einem Wachmann des Krankenhauses eine *Romeo und Julieta «Winston Churchill»*. Er war ein junger Prinz, dessen Vater zum IOC gehörte und der seine Prinzenkarriere klein begann. Mit der Zigarre steckte er ihm einen Fünftausender zu. «Nehmen Sie, für Ihre Spesen... Ihr jungen Prinzen seid doch ständig knapp bei Kasse. Geht mit Mädchen aus, die sündhaft teuer sind. Was war das mit den Flugobjekten?»

Mißtrauisch vergewisserte sich der Prinz, daß keiner zusah, wie er die Fünftausendernote einsteckte, und niemand in den möglichen sechs Himmelsrichtungen – angenommen, er sah auch unter seinen Füßen und über seinem Kopf nach – hören konnte, was er sagen wollte. Dann näherten sich seine Lippen dem nächstliegenden Ohr Carvalhos. «Es ist ein Geheimnis. Man hat entdeckt, daß die olympischen Geräte präpariert wurden. Die Wurfgeräte, Speere, Hämmer, Diskusse... manche wurden von einem Miniaturmotor angetrieben... die Speere von mikroskopischen Vibrationsapparaten... die Bälle hatten Gehirne und ein Gedächtnis, das ihre Flugbahn lenkt... Diabolisch. Papa sagt, es sei diabolisch. Wir waren zwar so schlau, die Sportler auf Doping zu untersuchen, aber die Geräte?»

«Und das alles, um zu gewinnen?»

«Nein! Nein, lassen Sie sich nicht zu einer falschen Schlußfolgerung verleiten! Es handelt sich lediglich um eine weitere Phase dieser erbarmungslosen Sabotage. Es waren nicht die Sportler, die die offiziellen Geräte präparierten, und man hatte schon die abgelehnten Firmen im Verdacht, die darauf brennen, den olympischen Geist in Mißkredit zu bringen. Aber alle Spuren führen zu Andreotti, einem italienischen Politiker und Chef einer Holding der Geheimfirmen des Universums.»

«Und was sagt das IOC dazu?»

«Daß man verhandeln muß, aber daß keiner durch die Hintertür die Jungfräulichkeit des IOC schänden darf.»

Ein Pfleger verlangte nach Carvalho und führte ihn geheimnistuerisch zu dem Bett, in dem Vera nach der Operation lag. «Die Nacht der Geständnisse!» Der Pfleger senkte die Stimme. «Ich weiß, daß ich offen mit dir reden kann, Genosse. Diese Frau zitiert in ihrem Delirium Verse der Internationale und spricht vom letzten Gefecht... Ich sage es dir, damit du Bescheid weißt... Sie ist eine von uns...»

Er zwinkerte ihm zu, reckte die geballte Faust und verschwand, wie er gekommen war. Die Welt, oder vielleicht nur Barcelona, war wieder voller Menschen im inneren Exil.

Carvalho ließ die serbische Muskelfrau im Krankenhaus ihre Wunde auskurieren und im Fieberdelirium die Internationale singen und begab sich zum zentralen Notstands-Oberkommando des IOC. Er mußte seine Abwesenheit in den ersten Stunden der Olympischen Spiele wettmachen und ließ sich alle Videoaufnahmen vorführen bis zu dem Zeitpunkt, als die Streitkräfte der Neuen Weltordnung die Tür seines Hauses in Vallvidrera eintraten. Da war die Eröffnungsfeier, die bei den Katalanen und besonders bei den Barcelonensern für soviel Selbstzufriedenheit gesorgt hatte. So groß war sie, daß sie eine psychosomatische Verschiebung der Erdkruste herbeiführte, die Barcelonas Meereshöhe um mehr als zwanzig Zentimeter anhob. Im restlichen Spanien war man geteilter Meinung über den Glanz der Zeremonie; den größten Anstoß daran nahmen gewisse Kreise in der Hauptstadt Spaniens, weil das Königspaar zu den Klängen der katalanischen Nationalhymne ins Stadion einzog. An der Spitze der antikatalanischen Reaktion stand der Präsident von *Real Madrid*, Ramón Mendoza, bereit, am ersten Spieltag der Liga 1992–93, an dem sich *FC Barcelona* und *Real Madrid* gegenüberstanden, Rache für diesen Affront zu nehmen.

Auch die Sevillaner waren vom Glanz der Zeremonie in Barcelona nicht geblendet, denn sie befürchteten, der parallele Glanz der Weltausstellung von Sevilla könnte überstrahlt werden, und Regierungschef Felipe González, ein Sevillaner, ließ sich bei den Spielen kaum blicken – war es nur seine natürliche Reserviertheit, wollte er Seiner Majestät dem König nicht die Hauptrolle streitig machen, oder hegte er gegen die Katalanen das Ressentiment eines Mannes aus dem Süden, der den arroganten Norden mit Argwohn betrachtet? Der Erfolg des Spektakels war nicht zu übersehen, weckte aber keine einmütige Solidarität der Seelen. Diese Schlußfolgerung wurde dem IOC durch den Nachrichtendienst der Spionagesatelliten der NASA übermittelt, und die Liste all jener, in deren Interesse eine Sabotage der Olympischen Spiele liegen konnte, erweiterte sich um eine verdächtige Geheimgesellschaft unter dem Namen *Spanien, einig und groß*, die die Spiele von Barcelona als Brechstange der katalanischen Separatisten betrachteten. Bevor man jedoch die Zahl derer noch vergrößerte, denen an einer olympischen Sabotage gelegen sein könnte, sollte man eine erste Bilanz der offensichtlichen Ressentiments ziehen: die verschmähten Sponsoren; der Ku-Klux-Klan, der entschlossen war, die Spiele von Barcelona schlechtzumachen, damit die von Atlanta vergleichsweise besser wegkamen; die nordamerikanischen Fernsehgesellschaften, die die Vermittlerfunktion des IOC auf ein Minimum reduzieren wollten, um als wichtigster Klient aus der Medienwelt ihre eigenen Bedingungen durchzusetzen (ein Beweis dieser Durchsetzungskraft war bei den gegenwärtigen Olympischen Spielen der Zustrom der professionellen Basketballspieler der NBA, die dem olympischen Ideal kaum besser entsprachen als die *mus**-Spieler oder die Europameister der Masturbation). Die nationalen und internationalen terroristischen Bewegungen, die überzeugt waren, daß eine Verschärfung der inneren Widersprüche der olympischen Organisation mittlerweile die einzige Möglichkeit sei, die Widersprüche des Kapitalismus zu verschärfen; Caroline von Monaco, die nicht wußte, was sie noch unternehmen sollte, um die Trauer und den Schmerz ihrer Witwenschaft zu demonstrieren; Andreotti aus Empörung darüber, daß das IOC als einzige öffentliche oder geheime internationale Organisation ihm nie die Präsidentschaft angetragen hat; die beiden Mafias, die heilige und die andere; die Destabilisierungsabteilung der CIA, die unentbehrlich war, solange die Stabilisierungsabteilung der CIA eine Funktion haben wollte... Die Madrider als fiktive Möglichkeit, die Sevillaner desgleichen. All diesen galt der argwöhnische Blick von Samaranch, der wie ein IOC-Präsident im Käfig wirkte...

«Früher, als Olympische Spiele nur Schulden einbrachten, die die Staaten aus der eigenen Tasche begleichen mußten, war niemand bereit, sich der Erfindung von Coubertin anzunehmen, aber heute, wo ich sie zu einem reichen und prosperierenden multinationalen Unternehmen für sportliche Darbietungen gemacht habe, wollen alle ihr Stück vom Kuchen abkriegen.»

«Und die islamischen Staaten?»

«Sie machen mehrheitlich immer noch, was die USA befehlen.

* span. Kartenspiel

Aber Bush macht mir Sorgen. In letzter Zeit hat er zu viele politische Probleme, und womöglich bricht er mir während der Barcelonenser Spiele einen Krieg gegen den Irak vom Zaun. Können Sie sich im olympischen Dorf ein ‹Klar zum Gefecht!› zwischen Irakern und Nordamerikanern vorstellen?»

Die Iraker, Sportler von entschieden antiolympischem Aussehen, konnte man an einer Hand abzählen, während die Nordamerikaner eine ganze Armee des Nordens darstellten, Herren des Geheimnisses intelligenter Bomben und entschlossen, die Intelligenz ihrer Bombe jedem Herausforderer zu zeigen. Bei dem einzigen Kampf, der bis dato im olympischen Dorf ausgebrochen war, war es allerdings um die Beschaffung von Präservativen gegangen – wer weiß, ob nur zu dem Zweck, den Vorschlag der Benetton-Anzeige zu befolgen, auf der verschiedenfarbige Präservative die olympischen Ringe darstellten, oder in der sportlich fragwürdigen Absicht, dem Sex zu frönen, während der Geist Coubertins mit einem Palmzweig der Warnung und Bestrafung in der Hand über den Dächern des Dorfes schwebte. Die sexuelle Erregung der Olympischen Spiele von Barcelona könnte durch eine Pressemeldung verstärkt worden sein, in der behauptet wurde, die Leistung der Sportlerinnen steigere sich, wenn sie in den Stunden vor dem Wettkampf Liebe gemacht hätten, während sich die der Männer verschlechtere – ein Grund mehr für den sportlichen Ehrgeiz der Frauen, im Rahmen des Kampfes der Geschlechter dem olympischen Mann nachzustellen, ohne daß die Organisatoren viel dagegen ausrichten konnten. Ebenso wurde behauptet, ein erhöhter Spiegel von Schwangerschaftshormonen wirke leistungssteigernd, und zwar bei beiden Geschlechtern; deshalb wurde nur vermutet, daß viele Sportler in metaphorischer Weise schwanger waren, kämpften, ihre Leistung steigerten und dann mittels absolut geheimer Methoden, die eifersüchtig in den Kellern der olympischen Ethik gehütet wurden, abtrieben.

Angewidert von so viel doppelter Wahrheit, fuhr Carvalho nach Hause, verbrannte im Kamin *Die Stadt der Ringe* von Enric Trunó, dem Sportbeauftragten der Stadt Barcelona, bereitete sich eine kalte Spargelsuppe mit Venusmuscheln und einem Stück Wolfsbarsch *à* *la papillote** mit Fenchelkraut und begoß das Ganze mit einem gut gekühlten weißen Frankenwein. Die Tatsache, daß die Form der Frankenwein-Flasche den Hoden eines Ziegenbocks nachempfunden ist, wie die Deutschen sagen, machte Carvalho darauf aufmerksam, daß ihn die Informationen über sexuelle olympische Jagden wohl erregt hatten. Es stimmte, aber sein Lieblingssohn verharrte in Ruhestellung, und Carvalho betrachtete ihn in perspektivischer Verkürzung, als wolle er ihn beschwören, lieber aufrecht zu leben als auf Knien zu sterben. Umsonst. Es war eine erneute Warnung. Er fand keine andere Möglichkeit, sich abzureagieren, als die farbigen Präservative von Benetton der Reihe nach aufzublasen und gegen die Stadt zu schleudern, aber als er gerade das gelbe Präservativ mit vorsichtigem Blasen aufrichtete, flog ein brennender Pfeil an seinem Hals vorbei, genau zwischen Kinn und Adamsapfel.

Obwohl Carvalho aus dem Haus schoß, so schnell es der genossene Frankenwein gestattete, war nichts von dem Bogenschützen zu entdecken, der ihm mit dem Brandpfeil nach dem Leben getrachtet hatte. Es war die erste direkte Bedrohung, seit er an diesem Fall arbeitete, und sie stand in einer symbolischen Beziehung zu dem Pfeil, der bei der Eröffnung die olympische Flamme in der Schale entzündet hatte. Ohne dem Warum dieser Wiederholung ganz auf den Grund zu kommen, wiederholten sich im Kinosaal seiner Erinnerung immer wieder Szenen der Eröffnungsfeierlichkeiten, die er auf Video gesehen hatte. Als hätte er sie nicht richtig verdaut, stießen sie ihm auf wie schwere Speisen. Etwas war in diesen Bildern wie störende Nebengeräusche, aber keine Botschaft. Aber ist ein Störgeräusch vielleicht keine Botschaft?

Er rief im Krankenhaus an, um sich nach dem Gesundheitszustand der serbischen Bodybuilderin zu erkundigen. Die Muskeln hatten sich bei ihr mit aggressiver Kraft geschlossen, ja, fleischfressende Muskeln hatten sogar den Finger eines Klinikangestellten umschlossen, der gewagt hatte, sie zu berühren – und wenn der eingewachsene Finger nicht auf sie zeigte, würde die Narbe kaum noch auffallen. Das Mädchen führte bereits wieder Bodybuilding-

* in Butter- oder Ölpapier eingeschlagen und auf dem Rost gebraten

Übungen vor, und dank ihrer marxistischen Vergangenheit hatte sie immer noch den Hang zum Missionarischen, weshalb sie ihre ganze Umgebung aufforderte, die Hohe Schule des Muskelaufbaus zu praktizieren. Dies führte zu einigen muskulären Katastrophen bei Leuten, die sich nie dafür interessiert hatten, was unter ihrer Haut lag, oder wie Oscar Wilde überzeugt waren, daß bei Mann und Frau nichts unergründlicher sei als die Haut. Sie hatte sogar den Innenminister Corcuera aufgefordert, seine Ernährungsweise zu ändern und Kraftsport zu treiben, da sie fand, er sei für einen höchsten Repräsentanten der Staatssicherheit etwas schlapp. «Wenn ein Innenminister zur Schwammigkeit neigt, versucht er diese semantische Schwäche mit Stirnrunzeln und schlechter Laune sowie mit gewalttätigen Entscheidungen zu kompensieren, um die mangelnde Sicherheit seiner Muskeln zu überspielen», hatte die serbische Kraftsportlerin räsoniert, ohne zu bemerken, daß der Minister zusehends in Rage geriet, bis dieser die Beherrschung verloren und verlangt hatte, man solle sie ihm vom Hals schaffen. Das Mädchen nutzte die Erschöpfung der staatlichen Repressionsorgane zur Flucht, und nun war es die Stimme von Corcuera höchstpersönlich, die Carvalho beschimpfte und ihn an die Verantwortung, die er für das Mädchen übernommen hatte, und an die Vernachlässigung seiner detektivischen Pflichten erinnerte, mit denen er beauftragt worden war. «Gehirn einschalten, Schnüffler, denn ein Schnüffler ist wie ein Philosoph, der so lange enthüllt, bis er die letzte Wahrheit erreicht, und er ist gleichzeitig der ortegianische Jäger, der die Erkenntnis verfolgt.»

Dabei klopfte Corcuera voller Befriedigung auf Ortegas *Ursprung und Epilog der Philosophie*, das ein Caddy stets in Reichweite bereithielt.

«Herr Minister! Um die Tatsachen aufzuklären, ist es notwendig, die gesamte Eröffnungszeremonie live zu wiederholen.»

Der Minister mutete ihm zu, drei Minuten nur Schweigen und stockenden Atem vom anderen Ende der Leitung zu hören.

«Sind Sie verrückt? Glauben Sie, Sie könnten eine so hochgestellte Gesellschaft mir nichts dir nichts herbeizaubern? Zunächst brauchen wir einen Sponsor. Welche Firma wäre bereit, die Rekonstruktion einer Eröffnungszeremonie zu finanzieren? Und das alles nur, weil ein armseliger Detektiv weibliche Intuition besitzt! Außerdem haben wir die Sicherheit des Innenministers privatisiert, und das kostet ein Heidengeld. Es ist schön und gut, die Sicherheit des Staates in private Hände zu legen, aber danach kommen die Rechnungen! Ich kann mich nicht über den Staatshaushalt hinwegsetzen. Wie Ortega sagen würde, der Staatshaushalt ist reine Metaphysik.»

Carvalho bereute, daß er sich auf das Spiel eingelassen hatte, sich mit einem Innenminister zu unterhalten. Mit den repressivsten Ministern darf man sich nicht unterhalten, man muß ihren Sturz abwarten und sie dann, wenn sie wieder ungesicherte Bürger sind und etwa den demagogischen Fehler machen, mit der Metro zu fahren, bei der ersten Gelegenheit in den Arsch treten. Carvalho beschloß, in der Zwischenzeit auf seine eigenen Informationsquellen zurückzugreifen, die, wie es bei ihm üblich war, alle aus seiner Vergangenheit stammten. Er stellte eine Liste der ehemaligen militanten Linken auf, die bei der Organisation der Olympischen Spiele mitgewirkt hatten. Es waren fast alle, bis auf zwei makrobiotische Maoisten, heute Jünger von Indro Montanelli und Jean-François Revel, und ein paar eingefleischte Junggesellen vom *Opus Dei*, eine depilierte und kurzberockte Fraktion. Die Mehrheit der olympischen Macher waren engagierte Linke gewesen, die sogar den einen oder anderen Ausflug in die Sierra Madre unternommen hatten, bevor sie auf den Olymp übersiedelten. Aber Carvalho brauchte nur mit ihnen Kontakt aufzunehmen; sie waren sofort bereit, ihm bei seinen Nachforschungen zu helfen, fanden ihr historisches Gedächtnis wieder und schworen dem olympischen Geist ab, vor allem die, die wußten, daß ihr Vertrag unwiderruflich am Tag nach dem Abschluß der Spiele auslaufen würde.

Alle hatten erstklassige Informationen für ihn; am mitteilungsfreudigsten war jedoch *Oberst* Parra. *Oberst* war sein Kampfname aus der Zeit im Untergrund. Er hatte damals, als junger Student, seine Folterer aus der Fassung gebracht, indem er ihnen die Arbeit abnahm. Als die Polizisten ihm brennende Zigaretten auf der Brust ausdrücken wollten, nahm er ihnen dieselben ab, inhalierte einen

Zug und fügte sich dann selbst Verbrennungen zu. Als sie ihn zwangen, eine Stunde lang in der Hocke zu sitzen, blieb der Oberst zwei Stunden lang sitzen, und manchmal mußten sie ihn mit Fußtritten in die Vertikale befördern, weil er bei diesen Meuchelmördern des Franquismus das Gefühl für Initiative beim Foltern verletzte. Kurz und gut, Parra hatte inzwischen den Organisatoren der Spiele treu gedient und alle kulturellen Einrichtungen beim Verkehr mit den ausländischen Fernsehteams informativ unterstützt, aber am Telefon sprach er von Enttäuschung.

«Ich bin verzweifelt, Carvalho! Die olympische Bewegung verfolgte wichtige kulturelle Ziele, aber auf ihnen lastet der Fluch des Kampfes um die Kontrolle der Welt. Wußtest du, daß Jupiter und Saturn in Olympia um die Weltherrschaft kämpften? Wußtest du, daß der erste Olympionike – so lautet die korrekte Bezeichnung für einen Sieger der Olympischen Spiele – Apollon gewesen sein könnte, der in einem Wettlauf Merkur besiegte? Ein falsches Vorzeichen. Ein trügerischer Bezug, welch Unglück! Apollon, Gott der Schönheit – so schön, daß er der Sonne gleich war – besiegt Merkur, den Gott des Handels! Aber wer hat auf lange Sicht den Sieg davongetragen? Die olympische Krämerseele! Diese Leute glauben nicht an die Kultur.»

Welche Leute er damit meine?

«Man hat rechtzeitig alles eingeweiht, was die Olympischen Spiele in sportlicher Hinsicht ermöglicht, aber keine, nicht eine einzige der vorgesehenen kulturellen Einrichtungen: weder das Auditorium, noch das *Museo de Arte Moderno*, noch das Riesenpräservativ von Tàpies... nichts. Abgesehen von den Eröffnungs- und Abschlußfeierlichkeiten besteht die einzige kulturelle Veranstaltung darin, daß die spanischen Sänger Verdi und Donizetti auf italienisch singen. Aber ich kann am Telefon nicht offen reden. Heute abend zum Essen in der *Casa Leopoldo*?»

Casa Leopoldo war das mythische Restaurant im Barrio Chino, das Carvalho aufsuchte, wenn er Heimweh nach dem Land seiner Kindheit hatte, dem *Nachkriegsland*, in dem er ein ärmlicher kleiner Prinz gewesen war. Treffen mit Parra fanden stets dort statt. Das Viertel war pasteurisiert worden. Die Spitzhacke hatte begonnen, ganze Häuserblocks in Schutt und Asche zu legen, und die streunenden Nutten ohne Halsband hatten keine Fassaden mehr, wo sie in der langen Zeit des Wartens auf eine finanziell und psychisch gehandicapte Kundschaft den Hintern anlehnen konnten. Den ältesten Gunstgewerblerinnen wurden Anreize geboten, sich weiterzubilden, indem sie sich an der Universität Pompeu Fabra einschrieben, oder in den Urlaub zu fahren, und die größten Nepplokale, also jedes zweite, wurden entweder geschlossen oder in Boutiquen mit der Philosophie der Kette *Il pensiero devole* (Der schwache Gedanke) umgewandelt, wobei davon ausgegangen wurde, daß ein großer Teil der neuen Universität sowieso dort gebaut werden sollte, wo sich der Unterleib der Stadt befunden hatte. Der olympische Voyeur sollte schließlich aus Barcelona nicht die Erinnerung an krampfaderdurchzogenen und schlecht deodorierten Sex mitnehmen. Es war ein Rundgang durch ein zu Spitzhacke und Nichtexistenz verurteiltes Viertel, und Carvalhos melancholische Stimmung schlug unschwer in Angst um, als er feststellte, daß Parra nicht in der *Casa Leopoldo* auf ihn wartete. Wenn jemand nicht wagt, am Telefon offen zu reden, und dann zu einem verabredeten Treffen nicht erscheint, liegt es – vor allem seit es Kino und Kriminalromane gibt – sehr nahe, daß dieser Jemand ermordet wurde. So war es auch. Am nächsten Tag fand Carvalho Parra in der Gasse, die die Calle del Hospital mit der Calle de San Rafael verbindet, in einem Müllcontainer. Der Tod hatte die olympischen Gesichtszüge verwischt, und er war wieder der Junge mit der Losung: Das Leben verlieren, um die Weltgeschichte zu gewinnen.

Obwohl seine Augen trocken blieben, fielen ein paar Tränen auf das geheime Gebiet von Carvalhos Erinnerung. Parra lag da wie eine zerbrochene Marionette, fast verdeckt von den verschiedenartigsten Dingen, die der Container enthielt. Als Carvalho jedoch begann, richtig zu trauern, Erinnerungen auszugraben und die Züge des vermeintlichen Leichnams zu verschönern, schlug Parra eines seiner toten Augen auf und zwinkerte ihm zu. Seine Lippen bewegten sich und flüsterten: «Laß dir nicht anmerken, daß du weißt, daß ich am Leben bin! Ich spiele den Toten, um zu verhindern, daß man mich umbringt. Heute abend um sieben Uhr am Wellenbrecher!»

«Was kann ich jetzt für dich tun?»

«Ein trauriges Gesicht machen, dich hilfesuchend nach allen Seiten umsehen und dann zur nächsten Telefonzelle rennen, als wolltest du die Polizei rufen.»

Das tat er, denn Parras Stimme klang wieder wie in alten Zeiten. Aber er konnte nicht den ganzen Tag Däumchen drehend auf die Begegnung mit dem alten Phantasie-Guerillero warten; und von allen Wegen zur Lösung des Rätsels schien ihm die serbische Muskelfrau der beste. Wo sie finden? Er klapperte verschiedene Spezialgeschäfte für Bodybuilding-Kost ab und überraschte sie beim fünften Becher Proteine – reine, reaktivierte, angereicherte, unterstrichene, wiederholte und biologisch abbaubare Proteine. Sie stürzte den Inhalt des offenen Bechers in die Abgründe ihres Körpers, der innen zweifellos mit ebenso starker Muskulatur ausgestattet war wie außen, und Carvalho stellte sich plötzlich vor, sie sei ein Körper, den man wenden konnte. Als sie seine Anwesenheit bemerkte, grunzte sie und hielt instinktiv die Arme schützend vor die Becher, die sie noch nicht geleert hatte.

«Warum kommst du zu mir? Du bist wie ein Schmetterling, der zum Licht will und die Entfernung zur heißen Lampe nicht einschätzen, zum Tod keinen Abstand halten kann.»

«Als Beispiel finde ich das abgedroschen, und als Metapher einen billigen Gemeinplatz. Wo sind die olympischen Entführten? Wer oder was hält sie gefangen?»

«Noch schlimmere Dinge werden geschehen. Diese Olympischen Spiele sind eine Falle. Entferne dich von ihnen, bevor sie dich vernichten können.»

Plötzlich kam es zu einem merkwürdigen nuklearen Zerfall der Luft, und die Kirchenglocken der Stadt läuteten, während der Himmel trotz der nächtlichen Stunde in den Farben des Regenbogens aufleuchtete.

«Was ist passiert?»

Der Inhaber des Spezialgeschäfts für theologische Diätprodukte starrte auf den Bildschirm eines kleinen Fernsehapparates neben der

Ladenkasse und sah Carvalho an wie einer, der in seiner Ekstase gestört wird, denn um Ekstase handelte es sich, genau gesagt, sein Gesicht drückte eine Mischung verschiedenartiger Ekstasen aus, als er antwortete: «Spanien hat die erste Goldmedaille gewonnen!»

Auf dem Bildschirm entstieg ein Radfahrer, der kurz vor dem Kollaps stand, einem Trikot-Futteral, das seinen Körper wie eine zweite Haut umschloß, und ließ sich umarmen und schütteln. Seine Augen allerdings hatten einen abwesenden Ausdruck, als suchten sie immer noch etwas so Unerreichbares wie den Kilometerrekord, den es zu brechen galt. Nach und nach kehrte er aus dem geistigen Tunnel von Kollaps und Rekord zurück und grinste so, wie er wirklich war: ein Junge aus Andalusien. Als Carvalho das Gesicht der Serbin musterte, um ihre Gefühle zu erkunden, fand er lediglich Verachtung und verletzten Stolz.

«Wer wird die Triumphe des großen Serbien feiern? Man läßt nicht einmal zu, daß unsere Hymne gespielt wird oder daß das Banner Jugoslawiens weht, das von der Vorsehung auserwählt wurde, das den beiden Imperialismen dieses Jahrhunderts Schach bot, dem nordamerikanischen wie dem sowjetischen, und sich heute dem deutschen Imperialismus entgegenstellt... Mein Vater sah es voraus, und als er noch lebte...»

Plötzlich bemerkte Vera, daß sie zuviel gesagt hatte, biß sich auf die Lippe und wandte sich von Carvalho ab. Der Ladenbesitzer erlebte den herrlichen Moment, die Nationalhymne zu hören und die Fahne Spaniens am Mast wehen zu sehen, während der Radfahrer den moralischen Lohn für endlose Wochen erhielt, in denen er versucht hatte, die Raum-Zeit-Beziehung zwischen einem Kilometer und einem Fahrrad zu überwinden. Carvalho nahm Vera in die Zange. «Dein Vater ist also...»

«Ja.»

«Dein Vater war also...»

«Ja, auch. Ich war schon immer gegen die strenge Unterscheidung der grammatikalischen Zeitformen. Aber ich stehe dazu, mein Vater ist, Präsens, und mein Vater war, Präteritum, von Dilettanten auch Imperfekt genannt, Marschall Tito. Tatsächlich wurde ich nie als seine legale Tochter anerkannt, denn er war verheiratet, er war kein Serbe und unterhielt eine außereheliche Beziehung zu meiner Mutter, einer blutjungen serbischen Kraftsportlerin... »

«Dein Mutter war auch Bodybuilderin?»

«Und meine Großmutter. Die Frauen meiner Familie waren immer anatomisch vollkommen und muskulös, sobald sie ihren Körper auch nur etwas pflegten. Schon in der Zeit des Grafen Dracula von Transsylvanien waren die Frauen aus meiner Familie sehr muskulös.»

«Was haben die Ereignisse auf dem Balkan mit den Olympischen Spielen von Barcelona zu schaffen?»

Sie wollte schweigen, es gelang ihr aber nicht, denn die seit Generationen vererbte Körperbeherrschung ihrer Familie erstreckte sich nicht auf die Zunge.

«Es geht darum, eine Balkanisierung der Spiele zu erreichen, mittels einer Provokation der USA, bei der Barcelona zur Neuauflage der *Pariser Kommune* wird – nicht umsonst stehen wir kurz vor dem Jahrestag der *Kommune*. Denn dieselben Umstände, die es den Nordamerikanern aus geopolitischen Gründen erschweren, auf dem Balkan zu intervenieren, werden zu günstigen Voraussetzungen, sobald es beispielsweise um Barcelona geht. Für die Zukunft der Weltrevolution ist es unbedingt nötig, daß eine nordamerikanische Intervention nicht dort stattfindet, sondern hier provoziert wird.»

«Aber das würde den Sturz der Demokratie in Spanien bedeuten. Den Fall der Monarchie!»

«Bei einem so großen und blonden König, wie ihr ihn habt? Und diesem süßen Prinzen! Wenn man ihn mir überließe, würde ich ihm die fehlenden Proteine schon beibringen, bis er pures Protein wäre! Nein, keine Bange! Ihr werdet euch noch lange an eurer Monarchie erfreuen, so Gott will. Und dieses Bild von einem König, so professionell... eigentlich habt ihr ihn gar nicht verdient... er läßt sich kein einziges Ereignis des Spitzensports entgehen... weder er noch seine Familie...»

Das Fernsehen stellte die Grenzen der Allgegenwart der königlichen Familie hart auf die Probe und erzeugte die optische Täuschung, sie sei überall, wo einer ihrer Untertanen eine Medaille gewann.

«Sie sind wie Magnete, die das Gold anziehen! Wirklich majestätisch!»

Der Marxismus der Serbin war entschieden unter das Minimum gesunken. Carvalho erinnerte sich plötzlich an die Verabredung mit Parra, packte Vera am Handgelenk und zwang sie, mit ihm loszurennen. Nach den routinemäßigen olympischen Kontrollen brauste Carvalhos Wagen mit Vollgas über den Wellenbrecher. Dort stand er, der Oberst Parra, zwischen den Felsbrocken, und war dabei, sich mit einem Rasiermesser der gesamten Körperbehaarung zu entledigen.

«Warum rasierst du dich überall, sogar zwischen den Beinen?»

«Man schwimmt schneller. Die Olympionikenforschung hat es bewiesen, und Forschungsergebnisse muß man, egal von welcher Seite sie kommen, für die große Sache der weltweiten wissenschaftlich-technischen Revolution nutzen!»

Bevor er antworten konnte, fing Carvalho einen Blick des Einvernehmens zwischen Vera und Oberst Parra auf, und es blieb nicht bei dem Blick.

«Oberst Parra, nehme ich an?»

«Ihr kanntet euch schon?»

Ein weiterer Blick des Einvernehmens, der Blick letzter Spione aus letzten Filmen eines letzten Hitchcock, wenn möglich noch einvernehmlicher als der vorherige, um Carvalhos Einvernehmen auszuschließen. Jetzt rasierte sich der Oberst, vom Vollmond unterstützt, die Beine und wischte den klebrigen Rasierschaum samt Härchen an den Felsbrocken des Wellenbrechers ab. Als er seine Rasur schon für beendet ansah, wies ihn Vera darauf hin, daß er die Haarwuchsexzesse am Hintern noch nicht beseitigt hatte – in der Tat waren die Hinterbacken des Obersten kahl, wo sie sich am meisten rundeten, doch der Rest war reinster Urwald. Angesichts der Schwierigkeit, sich selbst den Hintern zu rasieren, sprang Vera ein. Sie tat es mit minuziöser Sorgfalt und dabei einer Geschwindigkeit, die lange Erfahrung verriet.

«Manche rasieren sich den Hintern vor Auftritten. Ich selbst muß mich auch rasieren, alle Frauen aus meiner Familie haben starken Haarwuchs.»

«Da sind sie!»

Vom Horizont des Meeres kamen Leuchtsignale. Parra salbte sich den enthaarten Körper mit Olivenöl erster Pressung, besonders den Nullpunkt des Schädels, um besser durchs Wasser zu schlüpfen. Rasiert und geölt, genau *à point*, um zur Abrundung das Salz des Meeres zu empfangen, wollte er sich mit einer Rede verabschieden, die in die Annalen der Geschichte eingehen sollte.

«Pepe, zuweilen sah ich Spott in deinen Augen; du glaubtest, ich sei ein reformistischer Bürokrat im Dienste eines Olympiazirkus geworden, der das kritische Bewußtsein von Individuen und Völkern zerstreuen und korrumpieren soll. Mag sein, daß ich eine Phase der neokapitalistischen Entfremdung durchmachte, wahrscheinlich getrieben von jenem Drang, den auch bei einem Untergrundkämpfer der Wunsch erzeugt, akzeptiert zu werden: Olympische Spiele, *Nouvelle Cuisine*, Armani, BMW, Fahrenheit-Deo, Urlaub im *Club Med*, Zweitehe mit der Sekretärin, oder man wirft sich in die Arme eines brasilianischen Transvestiten, man kauft sich ein Reihenhaus neben dem Reihenhaus eines anderen Yuppies... selbstverständlich verfügt es über einen Keller mit Weinen, die eine Firma ehemaliger Kämpfer des Bewaffneten Volksheeres ausgesucht hat... Das alles habe ich getan, aber insgeheim wußte ich immer, daß ich eines Tages aus der ganzen Entfremdung ausbrechen und den Weg zur Sierra Maestra wiederfinden würde, wo uns glücklicherweise immer noch der Comandante Fidel Castro erwartet. Erinnerst du dich noch an das Lied von Carlos Puebla: *Wie schafft's der Fidel nur, daß die Yankees ihn nicht schaffen?* Und endlich kam mir die Erleuchtung. Es war während einer erweiterten Sitzung des Organisationskomitees der Olympischen Spiele von Barcelona. Ich sollte über die Strategie im Kulturbereich berichten, und als ich mich selbst das Inventar der «kulturellen Aktivitäten» herunterbeten hörte, fragte ich mich: ‹Was ist eigentlich Kultur? Neutralisiertes Bewußtsein, ich wiederhole, Bewußtsein, nicht Wissen, reproduzieren, oder kritisches Bewußtsein, nicht Wissen, schaffen?› Antwortet mir! Was ist Kultur?»

Dringliche Lichter blinzelten am Horizont. Carvalho wußte nicht, was er antworten sollte, Vera dafür um so besser.

«Kultur ist das Bewußtsein von dem sich wandelnden historischen Subjekt und seiner objektiven Bedürfnisse.»

«So ähnlich, aber... Nun gut. Die Lichter rufen mich. Es werden große Dinge geschehen, Pepe! Wir, die wirklichen Olympioniken, dürfen uns dem Ruf der Sonne, dem Ruf Apollons, nicht verweigern! Eine neue Weltordnung, jawohl. Aber nicht die alte Unordnung in zurechtgeschminkter Form oder eine neue Unordnung, die sich als Ordnung ausgibt. Eine neue Internationale aus Ex-Mitarbeitern des IOC nimmt die Herausforderung der anstehenden Revolution an! Wahrlich, wahrlich, ich sage dir, es werden antreten in vorderster Front die berufenen olympischen Freiwilligen, die als Führer der olympischen Agenten die Widersprüche des Systems und den ethischen Genuß der Solidarität erkannt haben, einer Solidarität auf dem Niveau der wissenschaftlich-technischen Revolution, das wir erreicht haben. Lebt wohl, Genossen! Die olympionikische Revolution erwartet uns!»

Er verabschiedete sich mit militärischem Gruß von Vera, und in diesem Moment erkannte Carvalho, daß Parra ein Bodybuilder war, wahrscheinlich immer gewesen war. Selbst seine Lider waren reines Muskelgewebe.

«Comandante Vera, führen Sie Ihre Befehle aus und warten Sie die neuen Ziele ab, die sich aufgrund meiner Kontakte ergeben!»

Er warf sich in die Wellen, verschwand unter Wasser, so lange es ihm seine ans Wunderbare grenzenden Lungenreserven erlaubten, und tauchte hundert Meter entfernt wieder auf, mit machtvollen Armstößen den Lichtern zustrebend, die sich eindeutig als das Periskop eines Unterseebootes erwiesen.

«Welche Nationalität hat dieses U-Boot?»

«Im Augenblick ist es eines der vielen hundert frei umherschweifenden U-Boote, die sich der Verschrottung durch die Perestrojka verweigerten.»

«Also die *Nautilus* unter Befehl von Kapitän Nemo.»

Carvalho blieb jedoch keine Zeit für Melancholie oder ironische Bemerkungen. Ein Pfiff gellte, und der Wellenbrecher füllte sich mit Polizisten aller Art – solchen, die Carvalho bereits registriert hatte, und anderen Sondereinheiten und -uniformen, die sicherlich in den letzten Stunden kreiert worden waren, um neuen Sonderbedrohungen die Stirn zu bieten. Corcuera versuchte, die Operation zu befehligen, aber es war nicht seine Stärke, von Felsblock zu Felsblock zu springen, und er mußte von mehreren Mitarbeitern unterstützt werden, die darauf trainiert waren, den Minister im Fall der direkten Anwendung der *Lex Corcuera* durch die Lüfte an Ort und Stelle zu bringen. Es war ein ziemlich ramponierter Minister, der vor Vera und Carvalho abgesetzt wurde.

«Wie ich sehe, hatten Sie keine Schwierigkeiten, die Serbin ausfindig zu machen. Wer ist der Mensch, der da auf die hohe See hinausschwimmt? Ich warne Sie, Carvalho, wenn Sie mir Informationen vorenthalten, kenne ich kein Erbarmen! Sofort verhaften, diese Serbin! Etwas anderes konnte sie ja nicht sein. Ich habe in meinem *Larousse Illustré* nachgesehen, die Serben kommen darin nicht gut weg! Sie waren schon immer ein unverschämtes Pack.»

Aber Vera wartete nicht ab, bis der nachdrückliche Befehl vom allzu oft untergliederten Gehirn der dreitausend Polizisten aller Farben und Gattungen registriert wurde, die den Wellenbrecher bevölkerten. Mit einem Salto mortale rückwärts und einem Fußtritt gegen den Mond verschwand sie in den Fluten. Ein Schrei des Ministers frustrierte tausende von Pistolen, die schießwütig wie Blumen des Bösen in den Händen der Polizisten aufgeblüht waren.

«Nicht schießen, ihr könntet sie umbringen! In der Repression ist mir nicht mal der liebe Gott über, aber erschießen lasse ich keinen. Fischt sie mit einem Hubschrauber raus!»

Corcuera war so demoralisiert, daß er die Nähe eines Menschen brauchte. Selbst wenn es sich dabei um Carvalho handelte. «Sie ziehen gerne durch Kneipen und ich auch! Warum können wir nicht Freunde sein?»

Er atmete nächtliche Meeresluft ein und Verbitterung aus. «Juan Antonio Samaranch, der Präsident des IOC, ist verschwunden.»

«Daß ein Innenminister im Morgengrauen in Tränen ausbricht, in Anwesenheit von Polizisten aller Gattungen in Designer-Uniformen von Mariscal, Armani, Rabanne, Cardin, Adolfo Domínguez, Sarah Ferguson und Señora Rippa de Meana – ist dies nicht ein Beweis, daß Spanien den Anschluß an die Moderne geschafft hat?» deklamierte der soziologische Speichellecker verzückt. Der Minister weinte an Carvalhos Schulter.

«Das lasse ich mir nicht bieten! Einfach den IOC-Präsidenten zu entführen! Das machen die nur mit mir, weil ich aus kleinen Verhältnissen komme, weil ich Elektriker war und nicht in Oxford oder Deusto studiert habe und auch im *Collegi d'Humanitats* in Barcelona nicht angenommen wurde; ich habe nicht mal die pädagogische Hochschule absolviert. Und da behaupte einer, es gebe keinen Klassenkampf! Man muß ihn um jeden Preis verhindern, vor allem in meinem Amt, aber es gibt ihn – und ob!»

Was ging im Umfeld der Olympischen Spiele vor? War diese Alternative idealistischer Harmonie schon so weit korrumpiert, daß gut bezahlte Funktionäre zu einem imaginären Guerillakampf zurückkehrten und ein Innenminister an die Existenz des Klassenkampfes glaubte? Ohne die Allianz von Fürsten, Architekten, Händlern und Sponsoren war das sportliche Ereignis nur allzu fragil. Welchen Sinn hatte es, daß irgendwelche Froschmädchen Schwimmrekorde anderer Froschmädchen überboten? Und die Turnerinnen? Eine kleine feminoide Rasse mit dem einzigen Ziel, nach jedweder Übung stets mit den Füßen nebeneinander aufzukommen, ohne dabei das Gleichgewicht zu verlieren. Und der Mannschaftssport – der olympische Fußball war Sub-Fußball, und der Basketball wäre es genauso gewesen, wäre man mit Zugeständnissen nicht so weit gegangen, die Jongleurkünstler des NBA unter der Leitung eines Vöglers mit Aids zuzulassen, die eher nach Harlem Globetrotters als nach einer menschlichen Basketballmannschaft aussahen. Olympisches Tennis? Waren diese Jäger der goldenen Bälle, hochkonzentriert und einsilbig wie bezahlte Killer und heimatloser als Zirkusartisten, etwa Olympiasportler? Welches Prestige erreicht schon ein Spieler wie Agassi, der, weil sein Kopf für ein anderes *Chez Maxim* zu klein ist, überall einen Tisch in einem

Restaurant reserviert hat, das sich der Zubereitung von Brathähnchen auf Kentucky-Art widmet? Carvalhos schlechte Laune war nicht nur die Folge der allgemeinen Situation, sondern insbesondere der Tatsache, daß er das Haupt des Ministers Corcuera auf seiner Schulter dulden mußte. Er weinte nicht mehr, erzählte ihm aber dafür seine Lebensgeschichte.

«Weißt du, wie alt ich war, als ich lernte, elektrische Leitungen zu verlegen?»

«Keine Ahnung.»

«Ich war nicht größer als ein Däumling.»

Allerdings ging aus der Größe, die er mit einem Arm zeigte, eindeutig hervor, daß er log. Er konnte sich nicht weiter in Selbstmitleid suhlen, denn Prinzessin Annes Lieblingspferd kam mit seiner Amazone auf dem Rücken über den Steinwall angetrabt. Im Wind flatterndes Blondhaar, etwas nachgefärbt, die Peitsche im Anschlag, ritt die Prinzessin einher, gefolgt von den Reitern ihrer Leibwache in Kostümen, wie sie die Mitglieder von König Artus' Tafelrunde getragen haben mögen. Vom Pferd herab fuhr die Prinzessin Corcuera an: «Minister, nennst du das vielleicht Pflichterfüllung?»

«Majestät... Majestät...», stammelte Corcuera, bis er sich plötzlich erinnerte, daß eigentlich er der Minister und diese Dame nicht einmal Königin war, und daß sich England, das «perfide Albion», wie es die Franquisten nannten, zu allem anderen immer noch hartnäckig weigerte, Gibraltar an Spanien zurückzugeben. Weshalb er sich von der durchnäßten Schulter Carvalhos löste und seinerseits die Prinzessin anfuhr: «Was glaubst du eigentlich, wer du bist? Um dich herum gibt es nichts als Schlampen! Deine Tante ist dem Trunk ergeben, deine Schwägerinnen laufen wie abgetakelte Nutten herum, und dein Bruder wird sich eines Tages als der neue Jack the Ripper entpuppen. Dein Vater ist ein verkorkster, schulmeisternder Öko und deine Mutter ein geiziges altes Weib... Prinzessin Anne von Kent sieht mit Hut zum Kotzen aus, sie hat für keine fünf Peseten Geschmack... Schließlich lese ich jede Woche die neue *Hola*!»

Der Prinzessin gefiel dieser so spanische, eines trotzigen und tragischen Toreros würdige Stolz, und sie forderte, die Kruppe ihres Fuchses tätschelnd, Corcuera auf: «Schwing dich hinter mich auf den Fuchs, schwarzbrauner Spanier!»

Carvalho schloß die Augen, um das Gefühl für die Wirklichkeit wiederzufinden, die jenseits seiner geschlossenen Augen blieb. Wie war all das möglich, was er sah und hörte? Welchem Programm gehorchte es, und wenn es keinem Programm gehorchte, wem oder was gehorchte es dann? Als er seine Augen wieder öffnete, war es Minister Corcuera, der die Zügel des Pferdes in der Hand hielt, und die Prinzessin, die hinter ihm saß und den Körper des Ministers mit ihren weißen, etwas flötenhaften Armen an sich drückte. Ein Ritter der Tafelrunde setzte dem Garanten der inneren Sicherheit Spaniens einen andalusischen Sombrero auf. Corcuera hob eine Braue, bedachte Carvalho mit einem Blick eindeutiger Überlegenheit und trabte los, gefolgt von den Rittern der Tafelrunde und dann von seinem ganzen Musterkoffer an Polizisten, die, entsprechend der postmodernen Ära umfunktioniert, als Chorsänger das Lied begleiteten, das die Prinzessin und der Minister aus vollem Halse schmetterten:

Mi jaca
galopa y corta el viento
cuando pasa por el Puerto
camini . . .
pum pum
. . . to de Jerez.

Mein Pferdchen
schneidet im Galopp den Wind
wenn es durch den Hafen kommt,
unter . . .
Bumm, bumm
. . . wegs nach Jerez.

Auf dem falschen Fuß erwischt, versuchten die Fernsehteams ihre Fahrzeuge zu erreichen, um dem Aufgebot zu folgen, während die zivile Gesellschaft, die in der allzu ehrgeizigen Absicht, frische Luft zu schnappen, über den Steinwall flanierte, über Samaranchs Entführung Bescheid wußte und mit verweinten Augen und schrillen Schreien seine Freilassung forderte.

«Samaranch, komm nach Haus! Wir lieben Samaranch! Er ist unser *avi*, der wieder auferstanden ist!»

Unglaublich, die Massen ehrten Samaranch mit dem Beinamen *l'avi*, wie in vergangenen Zeiten Francesco Macià, einen katalanischen Patrioten, dessen Andenken vom Franquismus blutig verfolgt wurde. Carvalho erinnerte sich noch an Zeiten, als die Rufe auf der Straße in die gegenteilige Richtung gegangen waren und Samaranch aufgefordert hatten, abzuhauen: «*Samaranch, fot el camp!*»

Alle menschlichen Wesen hatten sich uniformiert und bildeten ein einziges fanatisches Publikum bei einem einzigen weltweiten Fußballspiel. Etwas Leuchtendes sauste vor seinen Augen vorbei. Wieder hatte ein versteckter Bogenschütze einen brennenden Pfeil abgeschossen, aber diesmal blieb er nicht allzu lange verborgen. Hinter dem Leuchtturm trat ein weißgekleideter Mann hervor, in der Hand einen Bogen und auf dem Rücken einen Köcher voller Pfeile. Auf seinem Hemd prangte eine Werbebotschaft des Hauses Dupont. Trotz der zunehmenden Dunkelheit trug er eine Sonnenbrille, und als er Carvalho erreichte, nannte er die Parole: «*Freedom for Catalonia!*»

Carvalho wußte nicht, was er erwidern sollte.

«Sie wissen die Anwortparole nicht? Eine schöne Art, diese Treffen zu organisieren! Sie müssen mir auf katalanisch antworten: ‹Alle zusammen schaffen wir alles!›»

Carvalho wiederholte es, und der Bogenschütze nahm ihn am Arm und drehte seinen Körper nach Westen. Dann nahm er einen Pfeil aus dem Köcher, zündete ihn mit einem Dupont-Feuerzeug an und schoß ihn auf das ab, was von der Sonne noch zu sehen war. «Folgen Sie dem Pfeil, und Sie werden dorthin gelangen, wo wir Samaranch festhalten.»

Der Pfeil flog über die alten Molen Barcelonas, prallte gegen den Kopf der Kolumbus-Statue, und der Admiral hatte das Pech, daß das Auge, das mit größerem Eifer nach Amerika blickte, beschädigt wurde und ein großes Optikhaus als Sponsor der Reparatur herhalten mußte, da die Stadtverwaltung nach den Olympischen Spielen bankrott war. Dort also war Samaranch, und er mußte schnell genug zu ihm gelangen, damit das Leben des weltberühmten Katalanen nicht gefährdet wurde. Der Aufzug war für das Publikum geschlossen und wurde von einer seltsamen Polizei im Kostüm katalanischer Volkstänzer bewacht. Sie waren wieder einmal dabei, ein Feuerchen zu machen, um dann in der Glut Hammelrippchen mit Schweinswürsten – die altbekannte Einheit der Gegensätze, das Tier der Reinigungsrituale und das unreine Tier *par excellence* – zu grillen. Diese verzehrten sie dann in großen Mengen zu gerösteten Brotscheiben, die mit Tomate und Olivenöl eingerieben waren und ohne die die Biogenetik des katalanischen Volkes seit dem 19. Jahrhundert nicht zu erklären wäre, denn in dieser Zeit wurde *pan con tomate* eines der Identitätszeichen des Katalanentums. Das Ritual des Feuermachens und Grillens wird von den Anthropologen *costellada* genannt. Carvalho begann über Grillfleisch zu plaudern und kam auf Tomatenbrot mit Aioli zu sprechen, das die optimale Ergänzung der Nationalernährung darstelle, was ihm eine fortschreitende Annäherung an den Aufzug erlaubte, während seine Gesprächspartner hingebungsvoll den vielen nationalen Kenntnissen lauschten, die dieser Fremde vor ihnen ausbreitete, bis er plötzlich in den Aufzug schlüpfte und so weit wie möglich nach oben fuhr. Unterwegs rührten sich Bilder, Sinneseindrücke, einander widersprechende Gedanken in einem unbestimmbaren Teil seines Gehirns. Würde er Samaranch nur der Berufsehre zuliebe retten? Als unter dem Franquismus Hunderte, Tausende von Antifaschisten gefangengehalten wurden – und auf welche Weise! – war Samaranch da einem von ihnen zu Hilfe geeilt? Sicherlich konnte der Betroffene irgendeine Tat erlösender Großzügigkeit anführen, denn diese Art Leute baut immer auf den Vetter von irgend jemandem, dem sie geholfen haben, sich von seiner Verblendung zu befreien oder einer Exekution zu entkommen. Der menschenfreundliche Faschist ist seit der Zeit von Indíbil und Mandonio * eine konstante Größe in der Geschichte Spaniens. Es war auf alle Fälle Carvalhos Pflicht, Samaranch zu retten, und als er in die Endstation der Statue einfuhr, hielt er die Pistole in der Faust und richtete sie genau auf die Gruppe von Pfadfindern, die den am Boden liegenden Präsidenten umringte. Man hatte ihn mit einem Geflecht von Stricken gefesselt, die von dicken, in den Boden gerammten Bolzen gespannt wurden.

«Ist das etwa die Art, einen alten Mann zu fesseln?»

Die Jünger Baden-Powells erröteten und hatten keine andere Entschuldigung parat als die Kindheitslektüre, die ihr Leben geprägt habe. «Wir haben ihn gefesselt, wie es die Liliputaner mit Gulliver machen, jedenfalls auf der Abbildung in dem Buch *Gullivers Reisen*, das wir in der Schule gelesen haben.»

«Auf welche Schule seid ihr gegangen?»

«Virtelia.»

«Ein Privatcollege», sagte Carvalho voller Verachtung und fügte hinzu: «Ich nehme an, die Idee, meine Aufmerksamkeit mit Hilfe eines Bogenschützen zu erregen, ist Ergebnis der Modernisierung der alten Fährtenlegetaktik der Pfadfinder?»

Der Wortgewandteste erging sich in einer langen Erörterung über den Einfluß der Moderne auf das Pfadfinderwesen und den Einsatz von Laser und Nachrichtensatelliten als Ergänzung, wobei traditionelle Bräuche aber respektiert würden, wie das Singen tirolischer Lieder in katalanischer Übersetzung oder das Besteigen heiliger oder magischer Berge – was dasselbe ist –, über die jedes Land verfügt. Es war aber nicht die Zeit zu polemisieren, sondern Samaranch aus seinen maßlosen Fesseln zu befreien. Während dieser Tätigkeit fragte Carvalho die reumütigsten der Scouts, die ihm dabei halfen, welchem Zweck die Entführung diene und warum sie ihn so unverzüglich auf ihre Fährte gesetzt hätten.

«Es war eine Demonstration der Stärke, die, wenn sie zu lange gedauert hätte, in eine Demonstration der Schwäche umgeschlagen wäre.»

* Heerführer, die im 2. Jahrhundert v. u. Z. gegen die Römer rebellierten

Dies sprach ein kleiner Andalusier, der behauptete, er sei als Stipendiat der andalusischen Unabhängigkeitspartei hier und arbeite mit den katalanischen Nationalisten zusammen, um seine Kenntnisse zu erweitern. «Wir haben eine Menge von den katalanischen Unabhängigkeitskämpfern zu lernen.»

«Und die anderen Entführungen?»

«Welche meinen Sie? Wenn es noch mehr gibt, wir waren es nicht!»

«Mein Ehrenwort, großer Meister!» fiel der kleine Andalusier ein, der in Carvalho den verwandten Mestizen erkannt hatte, der geneigt war, ihm zu glauben. Endlich kam unter dem Gewirr von Stricken das Gesicht von Samaranch zum Vorschein, und Carvalho schlug Alarm. «Schnell! Dem Mann ist etwas zugestoßen!»

Tatsächlich, man hätte meinen können, seine Gesichtszüge seien alle zu einer Seite gerutscht, so weit, daß er dem olympischen Maskottchen Cobi glich. Carvalhos erster Gedanke war «Ein Schlaganfall!», aber als der Kopf des weltbekannten Katalanen ganz zu sehen war, kombinierte Carvalho, daß es um mehr ging als einen Schlaganfall. Wie man weiß, kürzten postkolumbische Eroberer, zumeist Angelsachsen, den präkolumbischen Indianern die langen Haare, indem sie ihnen die behaarte Kopfhaut abrissen – eine Technik, die sich die Indianer Skalp um Skalp aneigneten und die von der weißen Medienkultur dahingehend verdreht wurde, daß man ihre Erfindung schließlich der angeborenen Bosheit der schlechten Wilden zuschrieb und im gesamten rassistischen Westernkino Nordamerikas gegen sie verwendete. Genau in dieser Weise nun hatte irgend jemand oder irgend etwas so energisch versucht, Samaranchs Gesichtshaut abzuziehen, daß sie sich verschoben hatte.

«Das waren wir nicht!» schworen die Pfadfinder wieder und wieder. Wenn sie es nicht gewesen waren – und normalerweise lügt ein Anhänger Baden-Powells nicht, es sei denn im Fall eines Weltkriegs oder einer anderen Art von Völkermord an Opfern, von denen Gott seine Hand abgezogen hat –, dann hatte diese Hautverschiebung eine andere Ursache und eine andere Wirkung. Carvalho packte die Hautfalten unter dem schütteren Kinnbart des IOC-Präsidenten und zog sie nach oben. Mit einer Leichtigkeit, die keine

Zeit zum Erschrecken ließ, blieb das in seinen Händen, was in der Geschichte Spaniens und der olympischen Bewegungen ein bekanntes Gesicht war. Aber den leeren Raum, das dieses in Carvalhos Händen hängende Gesicht hinterlassen hatte, füllte das schreckenerfüllte Gesicht eines *anderen*. Das heißt, Metaphysik beiseite, was Carvalho da in Händen hielt, war eine Maske, und unter der Maske kam ein fast glatzköpfiger Mann mit roten Backen zum Vorschein, zwischen dessen Lippen ein Goldzahn blitzte.

«Wer sind Sie denn?»

«Ich bin ein Pächter von Don Juan Antonio Samaranch. Tun Sie mir nichts, bitte! Ich habe Frau und Kinder und muß noch sieben Raten für meinen Trecker abbezahlen!»

«Seit wann tragen Sie diese Samaranch-Maske?»

«Der Herr bat mich ein paar Stunden vor der Eröffnung der Olympischen Spiele, sie aufzuziehen.»

Ein Double! Plötzlich konkretisierte sich für Carvalho das Bild, an das er sich mit den anderen, die das Eröffnungsvideo gezeigt hatte, verschwommen erinnerte. Genug der Fragen! Jetzt mußte er zum Kern der Sache vordringen.

«Die literarischen Modeessayisten Steiner, Frye oder Teodorov agieren, jeder aufgrund seiner Wurzeln und seines Einflusses auf die Zukunft, in der Sicherheit, die Spekulationen aufgrund des klassischen *topos* verleihen. So bleibt Teodorov, von der Postmoderne verlockt, nichts anderes übrig, als sich mit einem Dschungel von Sonderfällen auseinanderzusetzen, der durch Kreuzen und Rückkreuzen, Aufpropfen und nochmaliges Aufpropfen des erzählerischen Erbes entstanden ist. Die Suche nach einem harten Kern, auf die man die Sache reduzieren kann, scheint derzeit eher alchimistisch als wissenschaftlich zu sein, vor allem angesichts der dramatischen Feststellung, daß jeder Versuch literarischer Wissenschaftlichkeit gescheitert ist.» Dieser Satz stammte nicht von Carvalho, sondern von einem jungen Kritiker von der ganz strengen Sorte, den Carvalho konsultierte, besorgt um das Problem des Knotens und seiner Lösung in einem erzählerischen Werk, dessen Fragestellung durch den olympischen Auftrag vorgegeben war, also im Rahmen einer Erzählkunst des Verpackens, die im Dienst einer politisch-kulturellen Verpackungsoperation stand und deshalb konsequenterweise auf die Maßlosigkeit zurückgriff, gezwungen durch alles bisher Gesagte sowie die Tatsache, daß es ein Frevel wäre, im Juli und August mit einer Rigidität Fortsetzungsromane zu schreiben, die sich auch die Bewunderer des europäischen Romans zwischen den Kriegen nicht mehr gestatten – zwischen welchen Kriegen spielt keine Rolle. Der gestrenge Jungkritiker steckte mitten in einer positiven Kritik des Romans eines seiner Freunde, nachdem er den Roman eines anderen Schriftstellers in Grund und Boden gestampft hatte, den zu kennen er nicht das Mißvergnügen besaß.

«Und das ist ethisch?»

«Die Ethik ist vorausgesetzt. Ich suche mir meine Freunde unter denen, die so schreiben, wie ich es für richtig halte.»

«Jeder schreibt mal einen dummen Roman.»

«Dann greife ich auf einen hermetischen, nicht übertragbaren, aber würdigen Kommentar zurück. Angenommen, ein ästhetischer Komplize, Freund, Pate meiner Kinder, Reihenhausnachbar, veröffentlicht einen Roman, der völlig blödsinnig ist. Das kann vorkommen, auch wenn es sich um einen Freund von mir handelt. Dann schreibe ich: ‹Der Roman von ... stellt eine Analogie zur Innenschau des Autors dar, bis in kleinste Segmente, die niemals eindimensional werden, sondern Freiraum für die Eskapaden des Lesens bieten. Das heißt, wir haben es – glücklicherweise – mit einem offenen Werk zu tun, das, wie nicht anders zu erwarten, unweigerlich auf sich selbst zurückverweist, wie jedes echte offene Werk...› und so weiter. Man zitiert Steiner. Teodorov. Und Frye, wenn man etwas altertümlich wirken will und den Widerwillen dagegen überwindet.»

Wie der Kritiker sehr gut erläuterte, befand sich Carvalho inmitten einer Analogie zur Innenschau des Autors, bis in kleinste Segmente, die niemals eindimensional wurden, sondern Freiraum für die Eskapaden des Lesens boten. Das heißt, er befand sich – glücklicherweise – inmitten eines offenen Werkes, das, wie nicht anders zu erwarten, unweigerlich auf sich selbst zurückverwies, wie jedes echte offene Werk. So mußte es sein, denn Samaranch war ein Double; die uneheliche Tochter von Tito bereitete eine längst überfällige Revolution vor, diesmal die der Olympioniken; die nicht mehr ganz junge spanische (genau gesagt katalanische) Linke, die zehn Jahre lang der neoliberalen sozialistischen Administration gedient hatte, war von neuem entschlossen zum bewaffneten olympionikischen Kampf, wofür manche auf Goldene Visa-Karten mit einem Monatslimit von einer Million Peseten verzichteten; Bush suchte einen Krieg, in den er sich verwickeln konnte, bevor er die Wahlen verlor; zwei Dutzend mutmaßliche Feinde des korrumpierten olympischen Geistes im allgemeinen und der Olympischen Spiele von Barcelona im besonderen waren gezählt worden; Prinzessin Anne von England war scharf auf den Thron des IOC, auf dem Samaranch saß, und zugleich auf den spanischen Innenminister Corcuera, den sie bewunderte, weil er wie ein erboster Stierkampf-Pikador aussah... Wie sollte man all das zu einem Knoten schürzen, wenn sich selbst die katalanischen Nationalisten eher von *Gullivers Reisen* und dem Duft einer guten *costellada* leiten ließen als von den Wirbeln des Trommlers von Bruch* oder Che Guevaras Guerillahandbuch?

Die Situation allerdings war nichts weniger als verknotet, und als er den Rahmen seiner Möglichkeiten, fünf oder sechs Tage vor Schluß der Spiele, überblickte, beschloß Carvalho, sich zur Meditation nach Vallvidrera zurückzuziehen. Kaum war er nackt, entzündete er das Kaminfeuer mit dem Buch *Olimpiadi dello spregio e dell'inganno* (Olympiaden der Schande und des Betrugs), der italienischen Version des Buches einer gewissen Ulrike Prokop. Er hatte nicht genügend olympische Literatur zur Verfügung, um ein täglich Buch zu verbrennen, verschob also mit ausgesprochener Vorfreude die Kremation seiner restlichen Bücher. Mit ebensolcher Vorfreude bereitete er ein Abendesssen, das die Antwort auf ein imaginäres Gelegenheits-Aphrodisiakum darstellen sollte. Sein

* Legendärer Katalane, der mit seiner Trommel eine Schlacht gegen Napoleon entschied.

letzter erotischer Reiz – wenn auch mittelmäßig und vermutlich etwas sehnig – war die serbische Bodybuilderin und Tito-Tochter gewesen. Welche Speisenfolge suggerierte dieser unverzehrbare Körper? Ohne Zweifel ein *civet.* Dafür muß irgendein zähfleischiges Tier – warum nicht eine Bodybuilderin? – mehrere Tage lang mariniert und dann in Blut und den dunkelsten Weinen der Erde gekocht werden. Aber Athletinnenfleisch war nirgends zu bekommen, nicht einmal in den Feinkostgeschäften des ehemaligen Westberlin, wo man vor dem Fall der Mauer Tigerfleisch in Dosen bekam. Carvalho mußte sich also mit einem einfachen Stierragout bescheiden, das er mit vielen kleinen Zwiebeln garnierte, denn kleine Zwiebeln sind in dickflüssigen Gerichten wie Dachluken, die sich auf andere Realitäten öffnen – genau wie bei Pound, der den Leser für seine Troubadourverse mit dem Amerikanerstreich entschädigt, eine ägyptische Hieroglyphe einzubauen.

Nach Stierragout, trotz des eben beginnenden August und einer Flasche des unnachahmlichen Jahrgangs 1904 – er war nach einer langen und ersprießlichen Reise durch die Weine des Duero zum Rioja zurückgekehrt – fühlte sich Carvalho in der Lage, die verschiedenen Knoten der Geschichte zu verknüpfen. Zunächst führte die Tatsache, daß Samaranch bei der Eröffnung der Spiele nicht persönlich zugegen war, sondern sein Double, zu der Frage: Welche weiteren Persönlichkeiten auf der Präsidiumstribüne waren «nicht anwesend» gewesen? Der Präsident der Autonomen Katalanischen Regierung, Pujol, gehörte dazu. Das war jenes innere Bild, das er seit dem Betrachten der Videofilme immer wieder vor sich sah. Der Präsident der Autonomen Region Katalonien pflegte seine immer manierierter werdende Gestik mit wilder Mimik zu garnieren; auf dem Videofilm hingegen hatte er weder mit den Armen gerudert, um die Fahnen zu zählen, noch mit rebellierenden Muskeln und fluchtwilligen Augen Grimassen geschnitten. Der König war ebensowenig der König gewesen – und wenn weder Samaranch, noch Pujol, noch der König selbst sie waren, was war dann mit Felipe González und seiner Frau? Und wie stand es mit den Sängern, mit Plácido Domingo und Caballé, mit Carreras, Aragall, Pons, Teresa Berganza und Kraus? Und die Sportler? Waren

Carl Lewis und Magic Johnson echt? Vielleicht war die einzige reale Person jene spanische Prinzessin gewesen, die beim Anblick ihres Bruders in Tränen ausbrach, als er an der Spitze der vaterländischen Delegation einmarschierte. Wenn alle anderen Masken trugen, konnte man sogar argwöhnen, daß die Liturgie der Spiele selbst eine Maskerade war. Was war der Zweck der ganzen Heimlichkeiten?

Bei einem Drehbuch im althergebrachten Sinn braucht der Knoten eine Ursache und eine besonders bevorzugte Wirkung, ein Warum und Wozu, die im klassischen Sinne gleichbedeutend sind. Beispielsweise für Fu Man-Chu, der nach der Weltherrschaft strebt, oder Spectra, der Geheimbund des Bösen, gegen den James Bond kämpft. Prähistorischer Handlungsverlauf. Heute, inmitten des Chaos nach dem Fall der Berliner Mauer und der Feststellung, daß fast alle Mitglieder des sowjetischen Politbüros schon immer Agenten von Smiley und erbitterte Antikommunisten waren und nur etwas langsam reagierten, ihr ganzes Leben und noch mehr Weltgeschichte gebraucht hatten, um den Betrug des Kommunismus zu durchschauen – wie könnte da der Knoten sich selbst bescheiden? Wer besaß in einer Welt, die nur Platz für imperfekte Futurformen bot, den Mut, die Verantwortung für eine wie immer geartete Lösung zu übernehmen? Carvalho suchte Zuflucht bei der Zeit. Da die Olympischen Spiele in ihre Schlußphase eintraten, stand ein Termin für die Lösung fest, und jeder angefangene Knoten tat noch seine Wirkung. Eine Faust zerschlug ein Fenster des Hauses, und der Faust folgte die muskelaufbauende Tochter Titos... Der Knoten zog sich zu – oder löste er sich bereits auf?

Nicht Entmutigung hatte die Gesichtsmuskulatur der Athletin erschlaffen lassen, wohl aber eine gewisse Enttäuschung über die Ergebnisse, die sie in ihrem Gehirn barg. Carvalhos Fragen beantwortete sie einsilbig und begann, eine ältere Ausgabe von *Jours de France* zu lesen, die sie in der Tasche des Trenchcoats trug. Im Lauf der Zeit würde Carvalho klarwerden, daß er Details wie die Leidenschaft der Serbin für *Jours de France* beachten mußte, um ihre wahren Sympathien zu begreifen. Jetzt dachte er: Der eine trinkt oder ißt, um zu vergessen, und sie liest offensichtlich, um zu vergessen.

Schließlich konnte sie die Gründe ihres Kummers nicht länger zurückhalten und stieß hervor: «Du hältst dich schön aus allem raus? Das Schicksal der Menschheit entscheidet sich, und du weißt nichts Besseres, als deine gastronomischen Panschereien zu veranstalten und die feige Genugtuung, Bücher zu verbrennen!»

«Du liest dafür *Jours de France.*»

«Von Zeit zu Zeit muß man in das ideologische und symbolische Territorium des Feindes eindringen.»

«Zunächst hättest du mir erklären können, wo du gesteckt hast. Du springst ins Meer. Stunden, Tage vergehen, und du tauchst wieder auf und verlangst Erklärungen, anstatt welche zu geben. Wer hat dir diesen Teil des Drehbuchs genehmigt? Welche Erklärungen schulde ich dir?»

«Das Salz hatte meine Haare ruiniert, und Corcuera ließ alle Friseurgeschäfte überwachen. Dabei mußte ich dir dringend mitteilen, daß der Kontinentalsockel von Barcelona von einer U-Boot-Flotte wimmelt, die darauf wartet, daß etwas passiert, während sich die Krise des Systems zuspitzt. Weißt du, worüber die Mitglieder des IOC heute abend geredet haben? Das Komitee darf gewisse Formen des Doping zulassen, ansonsten werden keine Rekorde gefördert, das Spektakel verliert seinen Reiz und die große olympische Goldgrube wäre in Gefahr. Es wird sogar befürchtet, daß die heutigen Sportler, ohne Doping und verwöhnt wie sie sind, nicht nur keine neuen Rekorde aufstellen, sondern sogar hinter die alten zurückfallen würden. Das Jahr 1992 ist ebenfalls gekennzeichnet durch den sportlichen Untergang der weißen Rasse, ganz besonders in den USA. Ohne die Slawen hätte die Vorherrschaft der Schwarzen, Chinesen und anderen Orientalen die Katastrophe für jeden sichtbar gemacht. Ich weiß natürlich, daß es eine einfache soziologistische Frage sein könnte und der Sport das Werkzeug ist, das für die wirtschaftlich, kulturell und politisch Unterlegenen reserviert wurde... Aber hast du miterlebt, wieviel verhaltenen Stolz die Schwarzen zur Schau trugen, als sie auf dem Podium der Hundertmeterläufer standen? Der Kapitalismus spielte mit dem Feuer, als er den Sport zu einer monströsen Deformation des Spiels machte.»

«Und was hat das alles mit der ‹Gefahr› zu tun, daß die weiße Rasse ihre Vorherrschaft verliert?»

«Hirnloses Volk! Da habt ihr vier Jahre lang die Spiele vorbereitet und dabei ein einziges Problem gewälzt: Werden es katalanische oder spanische Spiele sein? Währenddessen haben alle dadurch erzeugten Interessen der Welt das unterirdische Terrain der Spiele vorbereitet, die vorletzte Gelegenheit, dem 20. Jahrhundert einen Sinn zu geben und sich mit Blick auf das Jahr 2000 die geistige Führung zu sichern, denn von Atlanta, von den Spielen von Atlanta erwartet fast niemand etwas, außer den dritten Teil von *Vom Winde verweht*. Ist dieses insektenartige Maskottchen der amerikanischen Spiele, das entlarvend *Was ist denn das*? genannt wird, eine gute Illustration dafür? Sieh dir an, wie weit die Dekadenz unserer Rasse fortgeschritten ist, daß sich schon sechzig Prozent des IOC irgendwelchen Schwärzungsprozeduren unterwerfen! Neben der rassischen Selbstaufgabe wird die Bevölkerungsexplosion aller Völker des Südens ein übriges tun. Hier macht keiner mehr Liebe, du selbst bist das beste Beispiel dafür.»

«Man tut, was man kann. Ich nehme jeden Morgen drei koreanische Ginsengpillen.»

«Du brauchst dich nicht zu entschuldigen! Die universelle Libido ist wichtiger als die kleinbürgerliche individuelle. Drei Viertel der Menschheit pflanzen sich fort, um in den fruchtbaren Norden einzufallen, und nutzen die Olympischen Spiele als Plattform für ideologische Intoxikation. Was früher der Kampf zwischen West und Ost war, ist heute der zwischen Nord und Süd.»

Was waren das für zusammenhanglose Vorstellungen, zu denen die serbische Muskelfrau gelangt war? Ein weißchauvinistischer, sozialistisch-monarchistischer Internationalismus?

«Stimmt! Denn stell dir vor, die aus dem Süden gewinnen, so, wie sie dastehen, die schneiden mir sofort die Klitoris ab und verbieten mir den Kraftsport! Und glaub ja nicht, es würde dich nicht betreffen, angefaulter Philister! Wenn der Süden siegt, der die kapitalistische Produktionsweise, sei es Privat- oder Staatskapitalismus, nicht erreicht hat, dann darfst du zum Beispiel kein Schweinefleisch mehr essen. Was würde aus Katalonien ohne weiße Bohnen mit

Blutwurst oder aus Spanien ohne *chorizo*? Ich habe dir von der meuternden sowjetischen U-Boot-Flotte erzählt, die sich in sicherer Entfernung hält, um nicht vom Radar entdeckt zu werden, und auf eine Entscheidung wartet. Glaub nicht, es sei die einzige Macht, die entschlossen ist, sich vor Ende der Spiele Barcelonas zu bemächtigen! Der Vatikan hat eine komplette Mannschaft von Exorzisten geschickt, als Geher getarnt, die ein Kommuniqué über die Teufelsbesessenheit der Olympischen Spiele vorbereiten. Der polnische Papst selbst soll incognito, als tschechische Speerwerferin, nach Barcelona gekommen sein.»

Carvalho konnte seine Aufregung nicht verbergen. «Dann war das Attentat auf dich... der Speer... der Papst!»

«Das kann doch sein, unabsichtlich... er soll ja ein fürchterlicher Speerwerfer sein. Er ist einer, der überall die Nase hineinsteckt, und wie schon das serbische Sprichwort sagt: ‹Wer viel umarmt, behält wenig.› Der Papst ist nicht mehr zeitgemäß, auch wenn er es nicht akzeptieren will. Bush, der ist wirklich gefährlich! Ein ganz übler Bursche! Präsident Bush überlegt, ob er ein paar intelligente Bomben auf den Irak oder auf Barcelona werfen soll, denn man hat ihm weisgemacht, Barcelona liege in der Nähe von Bagdad, und es wimmle dort von Irakis... Merkst du nicht, daß der Olympismus ein moderner Internationalismus im weitesten Sinne ist und seine Haltung die Sprache und das Verhalten der kommenden Zeit bestimmen wird? Reih dich ein in die Reihen der olympionikischen Revolution!»

Er war mit Gewalt auf so viele Dinge gestoßen worden, daß es auf eines mehr auch nicht mehr ankam.

«Machst du mit mir Liebe?»

«Ich habe nur einen Penis fürs ganze Leben.»

«Bevor sich die Ereignisse überstürzen.»

«Mir graut vor deinen inneren Muskeln.»

«Jede Sekunde kann alles vorbei sein.»

Warum nicht? Während einer bestimmten Phase seines Lebens hatte er mehr oder weniger das Prinzip respektiert, daß Erfahrungen bereichern; mittlerweile dachte er genau das Gegenteil. Neue Erfahrungen pflegten das Gefühl mit sich zu bringen, daß sie nicht neu waren oder jedenfalls andere, wirklich neue oder neuere Erfahrungen verhindert hatten – wie Marx die Existenz eines marxistischeren Marx, als er selbst es war, verhindert hatte. Vera flennte. Sie fühlte sich verschmäht!

«Wenn du wüßtest, wie schlecht es uns Töchtern berühmter Persönlichkeiten ergeht! Am schlimmsten hat es sicherlich die Tochter Hitlers getroffen, Maria Hitler, Tochter von Adolf Hitler und einer Spanierin aus der *Sección Femenina* der *Falange*. Maria war eine ungeheuer schöne Frau und hatte ein sehr bewegtes Sexualleben, denn alle, die sie verführen wollten, suchten eigentlich das, was von ihrem Vater in ihr war.»

«Sie wollten es also eigentlich mit ihrem Vater treiben.»

«So ausgedrückt, ist es eine ungeheuerliche Schweinerei.»

Es kam jener Moment, in dem die mangelnde Begierde mit Keuchen, Zungenschnalzen, Speichelwettkämpfen und Obszönitäten überspielt wird, die den, der sie ausspricht, schamrot werden lassen, so verdorben er auch sein mag, und Carvalho fielen angesichts dieser Sammlung hübscher Muskeln nur Albernheiten ein, die er sich weigerte zu äußern. Schließlich nahm sie ihn am Arm, warf ihn auf das Bett nieder, fixierte ihn mit einem Ringergriff, öffnete seinen Hosenschlitz, und Carvalho hörte sich selbst sagen: «Als Gefangener durfte ich nie Liebe machen. Und der da auch nicht...»

Er versuchte, seinen Penis auf seine Vorurteile einzuschwören. Aber das Tierchen zeigte Anzeichen von Leben. Polymorph pervers, wie er war, fühlte er sich von dem muskulösen Monstrum angezogen. Carvalho fingierte Desinteresse. Sollten die beiden Tierchen doch sehen, wie sie zurechtkamen. Die Serbin machte nicht viel Federlesens und war drauf und dran, den Detektiv zu vergewaltigen, als sich der kalte Lauf einer Pistole an ihre Schläfe legte. Ein Blauhelm der UNO zielte erst auf die Frau und dann auf Carvalho, bei dem nun wieder alles, wirklich alles auf halbmast stand.

Die Nachrichten aus Bagdad klangen beunruhigend. Saddam Hussein nutzte die Olympischen Spiele zu ständigen verbalen Ausfällen gegen die nordamerikanischen Sportler, besonders die Weißen.

«Die Yankeesportler, vor allem, wenn es sich um Weiße handelt, stinken nach Schweinefleisch und müßten bei der Dopingkontrolle durchfallen. ‹Ketchup› ist der Name ihrer Lieblingsdroge.»

Ebensowenig gefiel George Bush die Komplizenschaft des spanischen Königs mit den Olympischen Spielen von Bagdad, wo er bei allen möglichen sportlichen Anlässen ständig präsent war, voller Fröhlichkeit und weit entfernt von der Zurückhaltung und Distanz, die die jungen Sozialisten González und Serra an den Tag legten.

«Wer hält sich da für den König von Bagdad? Den Gott des Olymp? Wer hatte die Idee, die Olympischen Spiele Bagdad zuzusprechen?»

So fragte Präsident Bush die Krankenträger, die ihm allmorgendlich beim Jogging folgten.

Die Olympischen Spiele finden nicht in Bagdad statt, sondern in Barcelona, etwas weiter westlich, in Richtung Syrien», teilte ihm der Seher des State Department mit. Er kam zu seinen Prophezeiungen, indem er die Eingeweide eines nach Kentucky-Art gebratenen Hähnchens betrachtete. Bush war von Natur aus mißtrauisch, ganz besonders aber mißtraute er den Landkarten von Gebieten, die außerhalb der Grenzen der Vereinigten Staaten lagen.

«Syrien oder Irak, was macht das für einen Unterschied!»

Bush wurde vom dritten Herzinfarkt dieses Vormittags zu Boden gestreckt, erhob sich aber wie ein Springteufel, mit blödem Grinsen im Gesicht, und spreizte zwei Finger zum Victory-Zeichen. Obwohl sie sein Fallen kaum gesehen haben konnte, hatte seine Frau bereits ein Witwenkostüm angelegt, mit Nahtstrümpfen und einem starren niederträchtigen Lächeln im Gesicht voller Rouge und Mascara.

«*Tu quoque, Barbara*!»

Aber er half sich über Trauer oder moralische Empörung hinweg, indem er sich daran erinnerte, daß er schließlich Präsident des stärksten Volkes der Welt und moralischer Führer des Universums war.

«Geben Sie das Startsignal für die Operation *Freedom for Catalonia*!»

«Mit allem Respekt, Sir!» fiel der Senatspräsident ein, der auf seiner Bahre mit dem Tode rang, nachdem er drei Stunden lang versucht hatte, mit dem Präsidenten Schritt zu halten. «Es erscheint mir überstürzt, Katalonien mit Bomben zu belegen, auch wenn sie intelligent sind. Zuerst würde ich es mit dem Quayle-Effekt versuchen.»

«Guter Gedanke», meinte Bush, bevor er zum viertenmal zu Boden ging, kurz vor der Hintertreppe des Weißen Hauses, wo ihn seine Gattin jeden Morgen in Witwenkleidung erwartete, stets gerüstet für den Fall, daß der sportliche Exzeß das befürchtete Hinscheiden herbeigeführt hatte.

«Konsultieren Sie Karl Popper zum Quayle-Effekt!»

Popper empfing gerade die letzte Ölung, meinte aber, nur eine energische Aktion seitens der Nordamerikaner könne verhindern, daß die Olympischen Spiele zur Demonstration einer geschlossenen Gesellschaft und Kultur würden. Es war kein Geringerer als der Präsident der Autonomen Regierung von Katalonien im Exil, der Popper befragte, aber es war noch nie einer auf die Idee gekommen, ihn nach dem Grund seines Exils zur fragen.

»Aquí hi viu el senyor Popper? Que es vostè mateix? Hola, Carles, sóc en Jordi... Jordi Pujol. El polític català. La Maria Stuart catalana. Si, home, sí. Sóc el que et va donar aquelles pessetones... el premi del Mediterrani.»

«La Méditerranée n'existe pas. Mais le vrai problème n'est pas le sens, mais le décalage entre les énoncés de la science et ceux de la pseudoscience ou la métaphysique.»

«Per què em parles en francès, coi?»

«C'est la langque plus ouverte.»

«I ara em surts amb aquesta? 'Escolta. M'ha demanat l'amic Bush que et pregunti sobre el Quayle... Què et sembla si el deixem esbravar-se a Europa?»

«Qu'est-ce qu'il sait ce monsieur à propos du Cercle de Vienne?»

«Cony, em sembla que res.»

*«Nous sommes encerclés par les emmerdants! C'est tout.»**

Vizepräsident Quayle verzehrte sein Leibgericht, Schildkrötensuppe aus der Campbell-Dose, mit Hilfe einer Gabel, um den Genuß dieses Geschmacks zu verlängern und seine Linie nicht zu gefährden. Als er das Fax bekam, mit dem ihm Bush grünes Licht gab, mit den Olympischen Spielen von Bagdad nach Gutdünken zu verfahren, verlangte Quayle als erstes eine Intervention der Blauhelme, um dann einen eher persönlich als offiziell gehaltenen Brief an den *Ehrenwerten Jordi Pujol, Präsident der Kurdischen Republik...* zu schreiben: «Kapitulieren Sie und stellen Sie die Demokratie wieder her, dann unterhalten wir uns.» (Der stilistische Korrektor hatte ziemliche Arbeit damit, die beiden Zeilen lesbar zu machen.)

Das vorige Kapitel mußte eingeschoben werden, um zu erklären, warum Carvalhos Vergewaltigung durch die serbische Muskelfrau von einem Blauhelm der Vereinten Nationen unterbrochen wurde. Kaum jemand hatte bemerkt, daß die internationalen Fallschirmjäger in der Stadt gelandet waren, und die Notiz, die das ganze protokollarisch erklärte und legitimierte, machte der Postverwaltung

* «Wohnt hier Herr Popper? Sie sind es selbst? Hallo, Karl. Ich bin Jordi... Jordi Pujol. Der katalanische Politiker. Die katalanische Maria Stuart. Ja, aber ja doch. Ich bin der, von dem du bald ein hübsches Sümmchen bekommst... den Mittelmeer-Preis.»
«Das Mittelmeer existiert nicht. Aber das eigentliche Problem ist nicht der Sinn, sondern die Spanne zwischen den Aussagen der Wissenschaft und denen der Pseudowissenschaft oder der Metaphysik.»
«Wieso sprichst du französisch mit mir?»
«Es ist die offenere Sprache.»
«Komm mir jetzt bloß nicht damit! Hör mal! Freund Bush hat mich gebeten, dich wegen Quayle zu fragen... Was hältst du davon, wenn wir ihn sich an Europa abreagieren lassen?»
«Was weiß dieser Herr über den Wiener Kreis?»
«Zum Teufel, ich glaube, gar nichts.»
«Wir sind eingekreist von Kotzbrocken! Das ist alles.»

Probleme: *An den Herrn Präsidenten der katalanischen Kurdenrepublik*. Hatte sich bis jetzt nur ein Teil der politischen und olympischen Würdenträger versteckt und sich doubeln lassen, löste die Ankunft eines so bedrohlichen Schreibens allgemeine Panik aus. Vor wem sollte man kapitulieren? Wer könnte die Präsidentschaft der katalanischen Kurdenrepublik annehmen, wenn sich herausstellen sollte, daß es sich um eine Metapher handelte? Pujol in seinem Exil erklärte lediglich, er würde sich nicht angesprochen fühlen, solange Quayle seine Hausaufgaben in Geopolitik nicht gemacht habe. Aber damit war keine Zeit zu gewinnen, höchstens zu verlieren, denn schon zeigten sich die Periskope der sowjetischen Exil-U-Boot-Flotte am Horizont, und eine Handvoll ungeduldiger olympionikischer Revolutionäre hatte bereits den Finger an allen möglichen Abzügen.

In einem Jeep der Blauhelme, der ultimativen Polizei im Geiste Coubertins, die sich der Sicherung der Olympischen Spiele angenommen hatte, wurden Carvalho und die serbische Bodybuilderin zum Präsidium der Blauen UNO-Polizei gefahren. Carvalho fand die Liturgie der Verhaftung ganz ungewohnt – es war eine sozusagen abstrakte Verhaftung, die von einem abstrakten Überstaat vorgenommen und von ebenso abstrakten Sicherheitskräften ausgeführt wurde. Die auf sie gerichtete Maschinenpistole war allerdings konkret: Sie roch nach eingefettetem Stahl, wie Knasttüren und Guillotinen.

Die Wachpatrouille schien kein Ortsgefühl zu besitzen, das heißt, sie schien nicht zu irgendeinem Ort der Erde zu gehören, sondern aus der Genetik der Dienstvorschrift entstanden. Auf eine derart abstrakte Situation konnte man nicht mit der Obszönität eines naturalistischen Verhaltens reagieren, weshalb Carvalho sich gab, als sei er weder ein abstraktes noch ein konkretes menschliches Subjekt, sondern das glatte Gegenteil davon. Die Bodybuilderin hingegen verursachte den störenden Lärm eines völlig unangebrachten naturalistischen Benehmens. Sie sagte beispielsweise: «Ich will meinen Anwalt sprechen» oder auch: «Faß mich nicht an, Henkersknecht des Kapitalismus!» und setzte schließlich dem ganzen die Krone auf, indem sie deklamierte:

Andere werden kommen
und sehen, was wir nicht sahen,
ich weiß nicht mehr, versunken in Schatten,
warum wir geboren,
wozu wir leben.

Die ganze Abstraktion hatte ein Ende, als sie vor den Generalsekretär der Vereinten Nationen, Butros Ghali, geführt wurden. Er war ein magerer, weltbekannter Ägypter, der mit den Gestalten der Hieroglyphen oder Lawrence Durrells nichts gemein hatte. Zunächst entschuldigte er sich bei ihnen für die martialische Verhaftung. «Es ist ein Problem mangelnder Professionalität. Viele dieser Soldaten sind Akademiker, einige sogar Theologen, aber niemand hat dafür gesorgt, daß sie einen Kurs in Professioneller Instruktion absolvieren. Dabei hätten sie gerade das wirklich gebraucht. Glauben Sie mir, Carvalho, ich bin verzweifelt!»

Die Serbin wollte dem Feind keine Zugeständnisse machen. «Du bist ein Lakai des Neoimperialismus und ein zweifacher Verräter: Du verrätst das vom Kapitalismus sodomisierte arabische Volk und die gesamte Menschheit, der ihr die Lüge verkauft, ihr wärt eine neutrale Vermittlerarmee!»

«Wie froh bin ich, Fräulein Vera, daß Sie das alles bemerkt haben! Es wurde auch wirklich Zeit. Glauben Sie mir, ich bin verzweifelt! Tatsächlich bin ich nichts weiter als eine Simulation der sogenannten Internationalen Ordnung.»

«Eine schöne Simulation. Wurden Sie etwa von einem Feind entworfen? Mariscal hätte bei Ihnen mal Hand anlegen sollen.»

«Der große Designer! Der weltberühmte Valencianer! Das sind leider Illusionen. Mariscal ist sündhaft teuer, und UN-Funktionäre bekommen zwar ein anständiges Gehalt, das will ich nicht bestreiten, aber dafür reicht es nicht aus. Was verbindet Sie mit Mariscal?»

Sie hatte sich verplappert. Die Kraftsportlerin biß sich auf die Unterlippe, und der Trizeps ihres rechten Arms explodierte.

«Glauben Sie, er könnte mich besser machen?»

Absolutes Schweigen. Carvalho wollte der peinlichen Situation entkommen und sprach davon, wieviel es in letzter Zeit in Katalonien regnete.

«Jetzt, wo Sie es sagen... Es stimmt tatsächlich. Ich dachte, ganz Spanien sei eine Wüste, und hatte einen Tankwagen mit Wasser vom Nil mitgebracht.»

«Daß es in Katalonien viel regnet, ist nicht gut für die Einheit der Menschen und Länder Spaniens!»

«Unglücklicherweise erregt es stets den Neid der Zukurzgekommenen.»

«Spanien verfügt über sehr gute Gewässer... und viele... Wir hätten keine Knappheit, wenn ein guter hydrologischer Plan erstellt würde.»

«Das brauchen Sie mir nicht zu sagen! Ich bin verzweifelt. Wer macht denn heute seine Sache noch gut? Sie kochen sehr gut... wie mir berichtet wurde. Ich habe manches Rezept aus *Die Rose von Alexandria* ausprobiert, es gelang mir nicht immer, aber zuweilen... Das Rezept des *gazpacho manchego* hat mich begeistert. Es wie eine *koinê* der mediterranen Kultur: römische, arabische, iberische Elemente... Das Mehl zu Teig verarbeiten – ein wahres Wunder!... Dann den Teig in der Glut backen und alles, von der bescheidenen Brennessel bis zum glanzvollen Hasen, für ein Gericht verwenden, das die ganze Welt umfaßt... Und dann dieser Witwer-Gazpacho! Dieser Drescher-Gazpacho, wie Sie ihn nennen... Fladenbrot und dazu Kürbis, Kartoffeln, jungen Knoblauch, Paprika, Tomate...»

«Das Gericht ist so alt wie das Dreschen selbst.»

«Und was wurde verwendet, bevor die Kartoffel aus Amerika kam?»

«Der Kürbis genügte. Die Amerikaner haben uns mit künstlich erzeugten Bedürfnissen überschwemmt.»

Ghali leckte sich die Finger, und das mit echter Hingabe. Finger um Finger. Mit heraushängender Zunge, wie es nur liebevolle Schäferhunde, Liebhaber mit Minderwertigkeitskomplexen oder Ehepartner mit schlechtem Gewissen nach einem Seitensprung tun.

«Ich hörte von einem Rezept mit Auberginen und Scampischwänzen... Sie wissen ja, die Aubergine ist ein Rohstoff des Mittelmeerraumes... in der Tat der einzige mediterrane Rohstoff, der weder dem Norden noch dem Süden gehört, was mich auf die Idee brachte, die zukünftige Flagge der Mittelmeerländer mit einer Aubergine zu schmücken.»

«Das Design ist nicht Ihre starke Seite», urteilte die Serbin verächtlich und fügte gnadenlos hinzu: «Schluß mit diesen Gesprächen über ekelerregende Speisen, die den menschlichen Körper biologisch abbauen! Ihr denkt an nichts anderes als ans Essen und an die Visa-Karte, mit der ihr euer Essen bezahlt! Und wenn ihr in der Endphase des Kapitalismus nicht mal etwas von Design für die sinnentleerten Hülsen versteht, wozu taugt ihr dann überhaupt noch?»

«Hören Sie, ich nehme Sie sofort unter Vertrag, denn Sie sagen Wahrheiten wie Fäuste... glauben Sie mir, ich bin verzweifelt... Aber, um auf die Auberginen mit Scampi zurückzukommen...»

Carvalho erklärte ihm geduldig das Rezept, nachdem er ihn zuvor daraufhingewiesen hatte, daß er es ganz gut mit allen Einzelheiten in *Tahiti liegt bei Barcelona* finden könne. Ghali bat ihn, sich in seiner Liebenswürdigkeit selbst zu übertreffen und ihm alles aufzuschreiben, denn für Witze und Kochrezepte habe er ein ganz schlechtes Gedächtnis. Carvalho ignorierte die angewiderten Grimassen der Kraftsportlerin, deren innerer Gaumen sich von den vorgeschlagenen Geschmackskombinationen in Carvalhos Rezept angegriffen fühlte. Ghali jubelte. «Wenn ich das meiner Frau erzähle, daß mir Carvalho persönlich das Rezept des *Auberginengratin mit Scampi* diktiert hat!»

Butros Ghalis gastronomische Neugier war unersättlich, und Carvalho beantwortete seine Fragen unter den wilden Blicken Veras, die ihn aufforderten, sich nicht zum Komplizen dieser absurden Situation zu machen. Carvalhos Mechanismus zur Registration absurder Situationen war atrophiert, und er hielt die gastronomische Höflichkeit gegenüber Ghali aufrecht.

«Ist es unbedingt notwendig, die Béchamel mit dem Sud der Scampiköpfe zuzubereiten?»

«Allerdings... aber seien Sie äußerst vorsichtig mit der Anzahl der verwendeten Köpfe, denn wenn der Sud zu intensiv gerät, nimmt die Béchamel fast die Konsistenz einer Scampipaste an!»

«Umwerfend! Kochen ist eine Frage der Balance...»

»Und der Geduld.»

«Und der Geduld, aber sicher. Und das sagt Ihnen ein guter Kenner der ägyptischen Küche, die ausgezeichnet ist. Nun ja, ägyptisch, was heißt ägyptisch... eigentlich wäre es adäquater, von einer Küche des östlichen Mittelmeeres zu sprechen, die die Türken viel besser zu einer Einheit zu verschmelzen wußten als ihr Reich, wenn sie auch von den Syrern und Libanesen usurpiert wurde... Die Syrer und Libanesen eignen sich alles an, was sie in die Finger bekommen. Aber unsere weißen Bohnen macht uns keiner nach.»

«In Andalusien und Katalonien werden sehr gute Gerichte mit weißen Bohnen gekocht.»

«Wohl dank des arabischen Einflusses.»

«Das bezweifle ich, denn sie werden mit Schweinefleisch gemacht, Schinken, Blutwurst...»

«Haben Sie weiße Bohnen als Salat gekostet? Den Syrern und Libanesen wäre ein so nüchternes und herrliches Gericht niemals eingefallen!»

«Schluß jetzt!» Vera explodierte. «Hört endlich auf!»

Ghali sah bestürzt von einem zum andern. «Ich dachte, Sie seien aus Serbien, nicht aus Syrien oder dem Libanon!»

«Hören Sie endlich auf mit der Komödie! Oder haben Sie uns etwa holen lassen, um über Kochrezepte zu plaudern?»

Es dauerte, bis Ghali den Mund geschlossen und seine Erschütterung überwunden hatte. Schließlich sagte er traurig, aber gefaßt: «Selbstverständlich. Ich dachte... Woher kommst du? Wohin gehst du? Keiner schenkt mir Beachtung bei diesem Fest der Sportler... Die einzige Person, die mich mit Achtung behandelt, ist Seine Majestät der König. Er ist wirklich professionell. Jedesmal, wenn er mich sieht, hat er eine passende Frage parat. ‹Hallo Butros! Was machen die Pyramiden? Man muß sie konservieren, heutzutage werden solche Dinge nicht mehr gemacht...› Wenn er nicht wäre... Das Trugbild einer weltweiten olympischen Ordnung kann nicht neben der UNO als dem Phantom einer internationalen Weltordnung existieren. Ich störe sozusagen. Ich bin wie eine nutzlose Redundanz. Ich bin verzweifelt...»

Veras Augen blickten immer noch mißtrauisch, aber Carvalho

rettete die Situation. Er legte dem niedergeschmetterten Ghali seine Hand auf die Schulter und bot ihm an: «Ich gehe mal kurz in die Boquería-Markthalle, kaufe alles Nötige und mache Ihnen Auberginengratin mit Scampi.»

Ghali fehlten die Worte. Er nahm eine Hand von Carvalho, küßte sie und benetzte sie mit seinen Tränen. Aber sein Recht auf Gefühlsäußerung wurde nicht lange respektiert. Ein Fußtritt gegen die Tür warf diese zu Boden. Durch die so geschaffene Öffnung drangen Corcuera und seine gesammelten Polizisten ein.

«Ich suche Sie schon die ganze Zeit... Wer ist dieser Sarazene?»

Ghali hatte sich erhoben und seinen Körper sowie seine Würde gestrafft. «Butros Ghali. Generalsekretär der Vereinten Nationen.»

«Und ich bin Ortega y Gasset... Was bildet sich dieser Maurenlümmel eigentlich ein! Carvalho, vertrödeln Sie nicht Ihre Zeit! Die Ereignisse überstürzen sich!»

«Señor Carvalho hat mir die Ehre eingeräumt, heute abend für mich zu kochen.»

Corcuera musterte Carvalho mit seinem finstersten Stirnrunzeln. «Also ein Kochkünstler, wie? Die Welt geht unter, nichts ist mehr, was es ist, keiner ist, wer er ist, und diese Typen schwingen den Kochlöffel! Worum ging es bei dem Essen?»

«Auberginen mit Scampi und Schinken, Béchamel, geriebener Käse... das ganze überbacken.»

«Donnerwetter! Klingt nicht schlecht.» Man merkte ihm an, daß er gerne eingeladen werden wollte, aus dem allen Innenministern gemeinsamen Bedürfnis heraus, von ihren Untertanen geliebt zu werden. Carvalho war kompromißbereit.

«Wo vier satt werden, wird auch ein fünfter satt...»

«Wo vier satt werden, wird kein fünfter mehr satt», fiel die serbische Körperkulturistin ins Wort. «Ich setze mich nicht an einen Tisch mit einem Menschen, der im Dienste des untergehenden Kapitalismus das Volk unterdrückt!»

Corcuera konnte es nicht fassen und schlug sich mit solcher Wucht die Fäuste an den Kopf, daß ihm die Neuronen um die Ohren schwirrten. «So nachtragend ist die slawische Seele!»

Das Essen mußte auf einen besseren oder schlechteren Zeitpunkt verschoben werden.

Guerillagruppen teilten die verschiedenen heiligen Berge Kataloniens untereinander auf. Diese Berge waren heilig in jeder Beziehung, hatten sie doch bereits in vorreligiösen, magischen Zeiten nachweislich als Kultstätten gedient und seitdem alle anerkannten Religionen beherbergt, inklusive besonderer Riten wie die der Templer, bis sie schließlich Wallfahrtsorte des gemäßigten Nationalismus eines Jordi Pujol wurden. Der Chef der Autonomen Regierung Kataloniens hatte das Zeremoniell sehr vereinfacht und darauf beschränkt, daß er ein paar Worte äußerte – mit oder ohne Publikum, selbst wenn er allein war –, dann ein paarmal unkontrolliert gen Westen zwinkerte und bei der Ankunft und beim Abstieg eine Sardana trällerte. Präsident Pujol selbst gab ein Kommuniqué heraus, in dem er seiner Überraschung Ausdruck verlieh und jegliche Gewalt verurteilte, von welcher Seite sie auch komme. Die Guerilla war ein Sammelbecken für reumütige olympische Freiwillige, die zur olympionikischen Revolution übergetreten waren, Basis-Christen, barfüßige Schiiten, ehemalige Militante des französischen Mai '68, des deutschen Juni '68 und des Spätsommers der Cheyenne sowie Liedermacher der Protestbewegung.

Die Nationalterroristen zogen es vor, ihre Kräfte im Untergrund zu halten, während die verschiedenen Fraktionen von Stadtguerillas und Großstadtindianern der sechziger Jahre als Olympia-Pilger oder Waisen der Balkankriege die Straße eroberten. Was die vom Vatikan gesandten Exorzisten anbetraf, so gelang es ihnen kaum einzugreifen, nicht einmal mit Unterstützung eines Bataillons Fallschirmjäger, das ihnen Minister Corcuera genehmigt hatte. Die spanische Regierung hatte dem Heiligen Vater grünes Licht gegeben, der immer noch als tschechische Speerwerferin die Aktionen der Exorzisten von einem Geheimkeller im Olympischen Dorf aus steuerte.

«Jeder Exorzismus ist Arbeit, die ihr mir abnehmt!» lobte Corcuera. Der Papst schaute ihn scharf an, hielt aber Kopf und Körper dabei seitlich geneigt, wie es von *Actor's Studio* empfohlen wird. «Bist du ein guter Sohn der Kirche?»

«An etwas glaube ich schon... Wie soll ich's Ihnen sagen... Aus dem Nichts sind wir jedenfalls nicht entstanden.»

«Manche mehr als andere!»

«An etwas glaube ich schon... aber... ich bedaure... ich glaube nicht an die Priester.»

«Und wer bin ich, vielleicht ein Feuerwehrmann? Wie lange hast du nicht gebeichtet? Benutzt du Kondome?»

«Manchmal... aber die zur Kasteiung...»

Der Papst wollte auf Corcuera losgehen, aber die Blauhelme warfen sich dazwischen, und der Minister verließ die Audienz wie ein feuerspeiender Drache und atheistischer als zuvor.

«Das ist kein Papst! Das ist ein frustrierter Sexualathlet!»

Er hatte weder Zeit noch Lust, sich in theologischen Betrachtungen zu ergehen. Man befand sich auf dem Höhepunkt der Krise, dem Gipfel der Agonie, und Corcuera war müde. Carvalho und die serbische Bodybuilderin betrachteten eine Landkarte mit den strategischen Fronten, und Carvalho schien es wie die Vorbereitung eines Krieges zwischen versprengten Resten aus einer Sommerschlußverkaufsserie, im selben Sinne, wie man nur noch auf der Basis gedanklicher Sonderangebote dachte oder mit den Resten einer Sprache sprach und schrieb, die einmal in der Lage gewesen war, eine poetische Spannung zwischen Erinnerung und Begierde zu erzeugen. Dies wurde auch dadurch nicht aufgewogen, daß man Anstrengungen unternahm, sich mittels dessen zu verständigen, was an Anstrengung und Verständnis noch übrig war. Was war im Sinne einer Logik des «Spektakels um jeden Preis» eigentlich besser: ein feierlicher Schlußakt der Olympischen Spiele mit einem Potpourri aus italienischer Oper und der *Ode an die Freiheit* von Schiller, oder die Bombardierung Barcelonas durch die VI. Flotte auf Grund der mangelhaften geopolitschen Kenntnisse der Gendarmen des Universums?

«Was würdest du tun, Carvalho?» fragte die Serbin.

«Ich würde mich ergeben.»

«Wem?»

«Das ist das Problem, man weiß nicht einmal mehr, wem oder was man sich ergeben soll.»

Aber seine Selbstliebe, das heißt, seine Berufsethik, verbot ihm, das Handtuch zu werfen, bevor er die Verschwundenen aufgespürt hatte. Vera blieb dabei, daß sie nichts über deren Verbleib wußte.

«In einer Welt voller Zombies regst du dich über ein paar konkrete Verschwundene auf!»

«Die Zombies sind eine gesichtslose Masse. Die Verschwundenen, die ich suche, haben Vor- und Zunamen.»

Als Carvalho ein Gespräch mit den führenden Persönlichkeiten verlangte, die ihn in diesen bösen Traum verwickelt hatten, drückte man ihm ein Buch mit Anweisungen über Beschwerdemöglichkeiten in die Hand. Da griff er zu energischen Maßnahmen. Nachdem er alle olympischen Bauten studiert hatte, kam er zu dem Schluß, daß sich der Hauptbunker unter dem Jujol-Brunnen befinden mußte, dem zentralen Brunnen auf der Plaza de España, der trotz der Begabung seines Designers und einer aufwendigen Restauration die Häßlichkeit selbst war. Er mußte eine Attrappe sein. Nur das rechtfertigte seine Existenz. Carvalho näherte sich einer der Statuen, die ihm am besten geeignet schien, und erklärte in schneidendem Ton: «Ich weiß alles. Ich will mit dem echten Samaranch sprechen!»

Die Statue zwinkerte ihm zu.

«Nicht einmal Sie sind, was Sie zu sein scheinen?»

«Warum beleidigen Sie mich? Ich war schon immer eine Statue... mein ganzes Leben war ich nichts anderes als eine Statue... Wollen Sie nun mit Señor Samaranch sprechen oder nicht?»

«Ist es der echte?»

«Wer sonst? Heute haben wohl die Irren Ausgang!»

Samaranch entstammte der katalanischen Industriebourgeoisie, die im 19. Jahrhundert entstand, sich aus eigener Kraft hocharbeitete und mehr oder weniger bereitwillig die Herausbildung eines katalanischen Nationalbewußtseins unterstützte, allerdings die Verbindung zu Madrid, dem Vater aller Märkte, nie in Frage stellte. Früher liebte der junge Herr aus gutem Hause die Ausschweifung und war Falangist, aber heute – Schwamm drüber, vor allem in einem Spanien, dessen Übergang zur Demokratie heute genauso ein Exportschlager war wie früher Olivenöl und eine Reihe tragischer Begriffe – Desperado, Guerilla, La Pasionaria... Als Präsident organisierte er das IOC wie einen sportlichen Multi nach dem alten katalanischen Motto «Was keine Peseta – oder Pfund Sterling oder Dollar – ist, ist Quatsch», und er wollte sogar das Versteigern zur olympischen Disziplin erheben, wenn Poker durchkam, was bereits für Atlanta vorgeschlagen war. Unvorstellbar, Olympische Spiele in Atlanta ohne Poker, Würfel und Hasenpfote!

Das Leben und die Geschichte hatten Samaranch zu einem Pragmatiker gemacht, der nach dem Prinzip von Marx lebte: «Um ein Land kennenzulernen, muß man seinen Wein trinken und sein Brot essen» und «Wenn du in Rom bist, tue, was die Römer tun». In seinem eigenen Land zum Katalanisten geworden, um zu verhindern, daß die Nationalisten Unruhe stifteten, empfing er Carvalho in der Kleidung eines katalanischen Hoferben, auf dem Kopf die typische Jakobinermütze, auf der allerdings die Olympischen Ringe prangten.

«Endlich spreche ich direkt mit Ihnen! Bis jetzt wurden mir immer nur Doubles geschickt.»

«Sie waren uns von großem Nutzen, Carvalho! Sie fungierten als Magnet für die subversiven Elemente, die unsere Spiele zu einer Bombe machen wollten, zu einem Skandal weltweiter Gewalt. Ihr Plan war, nach einer Generalprobe im olympischen Dorf schließlich die Nationen und Ethnien der Welt gegeneinander zu hetzen. Können Sie sich Schießereien zwischen lombardischen und römischen Sportlern vorstellen, oder einen Krieg zwischen Katalonien und Aragón um die künftige Verteilung des Ebro-Wassers? All dies war geplant, und wir waren bereits Monate vor Eröffnung der Spiele vollständig informiert. Die *Legion* aus Aragón hatte Spezialkommandos am Fluß postiert, die, wenn nötig, das Wasser in einer Nacht austrinken sollten, um den Katalanen die Nutzung des Wassers zu verwehren. Die Katalanen sind entschlossen, das Wasser um jeden Preis zu bekommen. Und dazu kommt der Marxismus.»

«Immer noch der Marxismus?»

«Immer noch die marxistische Hydra, um es mit der treffenden

Metapher unseres Generalísimo Franco zu sagen. Der Marxismus ist mimetisch geworden, paßt sich an alles an, vernebelt alles, wie immer. Die *Legion* von Aragón geht vom Prinzip der Ungerechtigkeit ungleicher Entwicklung aus ...»

«Die bekannte These von Hilferding, Lenin und Walt Disney, so genial widerlegt von den philosophischen Retortenbabys des *Institut d'Humanitats.*»

«Ich wußte nicht, daß sich Walt Disney dazu geäußert hat... aber bitte, unterbrechen Sie mich nicht! Ich habe Mühe, mich zu konzentrieren. Ein paar Schurken behaupten, es gebe innere Imperialismen im Spanien der autonomen Regionen. Vor dem Jahrtausendende wird sich keine vergleichbare Gelegenheit zur Destabilisierung mehr bieten. Indem wir die Olympischen Spiele gerettet haben, retteten wir die olympische Utopie. Auf unserer Seite standen die mächtigsten Sponsoren der Erde, auf der anderen ein Haufen zynischer Moralisten, die die Weltgeschichte, die Moral und sogar den olympischen Geist retten wollten. Alles lief sehr gut, bis sich bei Präsident Bush infolge eines seiner sportlichen Exzesse am Vormittag die Kabel kreuzten und einen Kurzschluß verursachten.»

«Und was ist mit den sowjetischen U-Booten vor Barcelona? Und die serbische Bodybuilderin? Das sind olympionikische Revolutionäre!»

«Olympioniken! Lüge. Es sind Marxisten. Sie müssen auch Marxisten bleiben, denn wenn sie keine Marxisten mehr sind, was sind dann wir? Wer sind dann wir? Verstehen Sie, wie dämonisch sie vorgehen? Sie geben ihre eigene Identität auf, um unsere Identität zu zerstören! Sie ist die letzte Agentin des KGB... geflohen in eben diesen außer Kontrolle geratenen Atom- U -Booten.»

«Und Oberst Parra?»

«Ein Idealist, der glaubte, erwachsen geworden zu sein... aber er hatte es nicht geschafft. Auch ich war in meiner Jugend Idealist... Ich wollte Faschist und Boxer werden... Hirngespinste. Später wollte ich werden, was ich bin, und Sie sehen ja selbst, wie gut es mir geht.»

«Und die Verschwundenen?»

«Nonnen, sozialistische Bürgermeister... solche Fälle gibt es haufenweise. Sie machen mir kein besonderes Kopfzerbrechen.»

«Bernard Henri Lévy ist ebenfalls entführt worden.»

«Wer ist das?»

«Ein neuer Philosoph.»

«Wie alt ist er?»

«Fünfundvierzig... so etwa.»

«Dann kann er so neu nicht mehr sein.»

«Also, er ist wirklich in Ordnung und trägt die besten Pullis der postmodernen Philosophie. Kleidung hält bei ihm lange.»

«Die Philosophen sind dazu verdammt zu verschwinden, und wenn nicht, buchen wir sie zu Lasten der Staatsräson.»

«Wenn wir Oberst Parra nicht finden, schlage ich Krach. Ich habe ihn schließlich in die Bredouille gebracht.»

Samaranch brachte ihn mit einem auf die Lippen gelegten Finger zum Schweigen und führte Carvalho durch die Flure des Bunkers. Im Raum für Prothesen und andere kosmetische Accessoires ließen die IOC-Mitglieder ihre Haut schwärzen, um sich für die Anforderungen der Spiele von Atlanta zu wappnen. In der Halle des sowjetischen Kellerpavillons weigerten sich Gorbatschow und Raissa wie Ginger und Fred, die Massina und Mastroianni, den Perestrojka-Walzer zu tanzen, wenn man ihnen nicht die vereinbarten Stipendien bezahlte und die Zusatzvereinbarungen respektierte.

«Schließlich war ich Generalsekretär der mächtigsten Partei der Welt und Regierungschef einer der Supermächte!»

«Und was ist mit mir? Ich unterrichtete historischen Materialismus und trug dazu bei, daß die UdSSR heute praktisch frei von historischen Materialisten ist.»

Raissa war ein Herz und eine Seele mit ihrem Gatten.

«Schert euch zum Teufel, rotes Pack!» antwortete ihnen ein diplomatischer Mensch, den alle Welt, selbst Staatschefs und Präsidenten von Fußballclubs, nur Chencho nannte. Er arbeitete abwechselnd als Elitestewardeß des in Ungnade gefallenen ex-sowjetischen Paares und als Vertreter einer Marke von Wasser- und Honigmelonen, die er persönlich auf den Straßen des Olympischen Dorfes verkaufte. Nachts liebte er es, sich als Vampir zu verkleiden, allerdings ist nichts davon bekannt, daß er tatsächlich jemanden gebissen hätte. Die Folge von soviel Aktivismus und einer gewissen ideologischen Orientierungslosigkeit war, daß er gegenüber Raissa und ihrem Gatten schnell die Nerven verlor, konnte er ihnen doch weder die Ermordung des Zaren und seiner Familie noch das zähe Überleben Fidel Castros verzeihen.

Die Szene spielte sich vor einem riesigen Spiegel ab, auf dessen anderer Seite man den Grund des Kontinentalschelfs von Barcelona sehen konnte. Tatsächlich wimmelte es dort von U-Booten, aber sie waren weder einsatzfähig noch schrottreif, sondern Designer-Produkte von Mariscal, genau wie die Froschmänner, die dabei waren, die Fundamente der Stadt mit Sprengladungen zu bestücken.

«Ist Oberst Parra dort?»

Samaranch befahl mit einer Handbewegung, einen starken Unterwasserscheinwerfer nach dem Oberst suchen zu lassen, und da war er, zu seinem Ziel schwimmend, ab und zu ruhte er aus, legte die Hand wie ein Visier über die Augen, suchte den Horizont ab und schwamm mit erneutem Enthusiasmus weiter.

«Was ist mit Corcuera? Prinzessin Anne?»

«Zweitklassige Schauspieler.»

Auf einem Monitor erschienen der Innenminister und Prinzessin Anne, die einander anschrien.

«Meine Mutter war eine bescheidene Frau vom Lande, deine dagegen...»

«Was hast du gegen meine Mutter?»

«Daß sich zu viele Amateurmatadore in ihr Schlafzimmer schleichen!»

«Wir haben eine offene Gesellschaft! Lies *Mister* Popper, du Esel... lies *Mister* Popper!»

«Dir zeig ich gleich deine offene Gesellschaft...»

Teller flogen hin und her, bis Samaranch mit angewidert verzogenen Lippen abschaltete. Seine Lippen schienen, den Anforderungen der schwarzen Kultur entsprechend, dicker geworden. Mandela hielt sich ständig in Samaranchs Nähe; sie hatten vor kurzem Freundschaft geschlosssen, damit er ihn über die schwarze Wirklichkeit befragen konnte. Nelson war allerdings etwas unangenehm berührt, denn Samaranch war einer von denen, die Fragen stellen wie: «Wird man als Neger geboren oder dazu gemacht?»

«Was für eine Szene! Minister für öffentliche Ordnung sind normalerweise vulgär. Zumindest in Spanien. Einmal wurde der Erbe einer vornehmen katalanischen Familie zum Staatssekretär dieses Ministeriums ernannt, Señor Cruilles de Peratallada, Schwiegersohn des großen Patriziers Ventosa. Einer befreundeten Dame gelang es, die Situation wunderbar auf den Punkt zu bringen. ‹Wie schrecklich! Der Schwiegersohn von Ventosa als Chef der Guardia Civil!› Und das nicht etwa, weil die Señora etwas gegen Zivilgarde gehabt hätte! Im Gegenteil! Aber unsere Bourgeoisie sah es stets lieber, daß Angehörige der Guardia Civil von auswärts kamen. Statusegoismus, mag sein, aber auch Ausdruck einer inneren Haltung. Die olympische Sache ist eine delikate Angelegenheit, Señor Carvalho, und trotz ihrer scheinbaren Stärke äußerst zerbrechlich; deshalb dienen ihr Leute wie wir, Leute so leicht und beweglich wie Sie selbst, besser als irgendjemand sonst.»

«Und der Quayle-Effekt? Und die nordamerikanische Bedrohung?»

Samaranch lächelte herablassend. Er ließ den mächtigsten Sportartikelproduzenten der Welt kommen und flüsterte ihm etwas ins Ohr. Die Mitteilung veranlaßte den Angesprochenen, zum Mobiltelefon zu greifen, um das Weiße Haus anzurufen.

«Hör mal gut zu, George, und sag es dem neunmalklugen Vizepräsidenten weiter, den du dir da ausgesucht hast! Wenn du auch nur eine Bombe auf Barcelona schmeißt, kriegst du dein Leben lang keine Sneakers von meiner Marke mehr. Nicht mal in den Sarg! Barcelona! Bar-ce-lo-na! Nicht Bagdad. Schau dir die Weltkarte an!»

Er beendete das Gespräch und zwinkerte Samaranch zu. Nachdem dieser zurückgezwinkert hatte und der Magnat gegangen war, hielt es Carvalho für geraten, sich bewundernd über die ungezwungene, ja, unverschämte Art zu äußern, mit der sich die Person an den Präsidenten der Vereinigten Staaten gewandt hatte.

«Er ist eben Chef der Lobby, die den Präsidenten kontrolliert. Und ich habe noch viel energischere Töne von ihm gehört! Wenn er wirklich sauer ist, hat er eine ganze Liste von Ausdrücken, vom Idioten an aufwärts!»

Stunden relativer Spannung im olympischen Bunker; man wartete darauf, daß die nordamerikanische Bedrohung hinfällig wurde. Samaranch verbrachte einen Teil dieser Zeit mit dem Singen von Negro Spirituals, denn er wollte bei der Eröffnung der Spiele von Atlanta den besten Eindruck machen. Don Carlos Ferrer Salat, Präsident des spanischen IOC, hatte mehr für Free Jazz übrig und wurde des weißen Chauvinismus angeklagt. Der Kronprinz von Monaco lernte, leere Ölfässer zu schlagen und mit dem negroiden Akzent der herkömmlichen Synchronisation rassistischer Filme zu sagen: «Hören Sie! Schwarzer Mann wollen wissen, wieviel Uhr gibt's Kaffee?»

Kein einziges IOC-Mitglied stand bei dieser gründlichen Vorbereitung für 1996 abseits, lediglich Prinzessin Anne weigerte sich, populistische Zugeständnisse zu machen. Deshalb meinte Samaranch, sie solle in Atlanta die Tracht des Ku-Klux-Klan tragen, die weißen Südstaatler seien doch zu einem großen Teil nach wie vor Rassisten. Die IOC-Leute verließen den Bunker und ihre von MacDonald's geförderten Schnellkurse in schwarzer Kultur praktisch nur, um, wenn auch meist ohne rechte Lust, den Gewinnern Medaillen umzuhängen. Politisch gesehen lohnten sich sowieso nur die Medaillen, die Spanier gewannen – viel zu viele im Verhältnis zu ihren historischen sportlichen Meriten. Alle übrigen Medaillen bestätigten entweder die sportliche Emanzipation von Völkern, die zu Hause nicht einmal Wasser zum Duschen hatten, oder sie landeten in einem Land von so zweifelhafter Existenz wie der GUS. Wer kann schon ein Land ernstnehmen, das sich GUS nennt, nachdem es einmal UdSSR geheißen hat?

Von Zeit zu Zeit hörte man Nachrichten, die die endgültige Durchsetzung der Postmoderne bestätigten. Die Entdeckung von Konzentrationslagern und Völkermord im ehemaligen Jugoslawien stärkte nicht nur das olympische Ideal, schließlich bekämpften sich Bosnier, Kroaten, Serben und Montenegriner in Barcelona auf sportliche Art, sondern auch den Eindruck, daß die Moderne um sich selbst kreiste und die Erfahrungen der Nazi-Konzentrationslager und der stalinistischen Gulags nicht überwunden waren, ja, daß es sich nicht einmal lohnte, sie zu überwinden. Wozu noch Avantgarde-Experimente, wenn die Gaskammern ihre Wirksamkeit bewiesen hatten? Waren Maschinengewehrsalven auf fliehende Babys eine Ausübung historischer, überwindbarer Grausamkeit? Reproduzierten sie etwa nicht biblische Genozidmethoden? Dem mörderischen Hominiden war nichts anderes beizubringen, als seine Totentänze mit Sport zu verschleiern und ihm olympische Medaillen umzuhängen, wenn die des Krieges nichts nützten. Der spanische Regierungschef hatte der UNO den Vorrat an Exilkönigen zur Verfügung gestellt, den Spanien wie einen Schatz und mit einer gewissen Sammelleidenschaft hortete; immerhin besaß es zu einer bestimmten Zeit vier angebliche spanische Könige im inneren Exil: Don Juan de Borbón, seinen Sohn Don Juan Carlos de Borbón, Carlos Hugo de Borbón y Parma und Alfonso Borbón Dampierre.

«Wenn es an Exilkönigen mangelt, um den postmodernen Staat gesunden zu lassen und eine neue Weltordnung zu schaffen, dann bitte, hier haben Sie welche! Spanien wird sich seinen internationalen Verpflichtungen gewachsen zeigen. Manche Exemplare haben wir mehrfach. Von Georgien haben wir zwei, den Prinzen von Bragation und seine Schwester.»

Juan Carlos I. von Spanien hatte das Angebot des Regierungschefs zur Kenntnis genommen, ohne sich öffentlich dazu zu äußern, aber im privaten Kreis hatte er bemerkt, daß man zum König nicht geboren werde, sondern sich auch aus eigener Kraft hocharbeiten müsse, und dabei auf das *Handbuch zur ständigen professionellen Instruktion für amtierende Könige und Fürsten* geklopft.

«Sitzfleisch! Man braucht eine Menge Sitzfleisch, bis man sein Metier versteht.»

Im Schoß der großen olympischen Familie beschränkte sich der König allerdings darauf, die Freuden, die traurigen Vorkommnisse und sogar Samaranchs Hang zur Banalität zu teilen.

«Diese Nachrichten aus Jugoslawien vermiesen mir die Olympischen Spiele, Carvalho!» gestand Samaranch.

«Sie hätten wenigstens bis zur Abschlußfeier warten können», meinte einer der weniger beschäftigten olympischen Fürsten. Zu diesem Zeitpunkt kam die Nachricht, daß Vizepräsident Quayle nicht von seinem Vorhaben abzubringen war. Die Geographieprofessoren konnten, obwohl sie Nordamerikaner und weißer Abstammung waren, noch so viele Dossiers verfassen – ihm machte keiner etwas vor: Barcelona war eine Stadt bei Bagdad, wimmelte von Yassir Arafats Verwandten und war ein Kriegsziel von höchster Wichtigkeit für die Sicherheit der Vereinigten Staaten.

«Mitsamt Alaska», bekräftigte Quayle großzügig. Präsident Bushs Gesundheitszustand war sehr schlecht, denn er hatte allzu energisch Sirup auf seinen Toast gestrichen und sich dabei eine Schulter ausgerenkt. Also hatte er beschlossen, zum Abschluß der Spiele den mit einer Kennedy verschwägerten bekannten Schauspieler und Bodybuilder Arnold Schwarzenegger als persönlichen Vertreter nach Barcelona zu schicken, der eher ein Computerwesen als ein Mensch schien und Experte für Rollen von Robotern mit ethischen Problemen war. Ganz Spanien und insbesondere Katalonien waren vom Firlefanz der Spiele derart gebannt, daß keiner gegen diese politisch absurde, sportlich groteske und auf symbolischer Ebene alberne Entscheidung protestierte – vielleicht aber auch, weil es für den, der die Fiktion vollkommen durchschaut, keine bessere Demaskierung gibt als die Wahl der augenfälligsten Maske. Arnold machte kurzen Prozeß mit Quayle. Ganz unbeugsamer Exterminator, stürzte er sich auf den Vizepräsidenten, als dieser auf der Kommandobrücke eines atomgetriebenen Flugzeugträgers den Befehl zur Bombardierung Barcelonas geben wollte. Er verwandelte ihn in ein etwas mißglücktes Spielbergsches Computerwesen: ein menschenähnliches Forellenbaby, das in den schmutzigsten Fluß Spaniens geworfen wurde. Der Fluß war so giftig, daß von Quayle nichts als Gräten übrig blieben, sobald er mit dem Wasser in Berührung kam. Von den Molen der neuen Häfen aus betrachtete die Bürgerschaft das Schauspiel von

Quayles Transsubstantiation und klatschte rasend Beifall, im Glauben, Arnold Schwarzenegger zeige ihnen eine sportliche Darbietung. Carvalho sah verstohlen zu, wie sich Vera voller Faszination dem Yankee-Bodybuilder näherte, wie eine Motte, die vom Licht angezogen wird. Als sie vor der unüberwindlichen Mauer seiner Muskulatur stand, fuhr die Serbin mit den Fingerkuppen über das Relief seines Körpers.

«Wie hast du dieses Wunder geschafft?»

«Apparatetraining und eine ausgewogene Ernährung.»

«Was ißt du?»

«Für dich wird das nichts Neues sein. Nach dem Aufstehen zehn Kapseln *Life Essence*, acht Eiweiß, zwei ohne Fett gebratene Eigelb, zwei Portionen Haferflocken mit Erdbeeren, Kaffee mit Milch, eine Kapsel *Megapack* und drei *Weyder Dynamic Fat Burners.* In der Frühstückspause, nach dem Training, 250 g Hähnchenbrust, eine sehr große gekochte Kartoffel, gedämpftes Gemüse mit diätetischen Gewürzen, drei Kapseln *Weyder Dynamic Fat Burners,* ein Gramm Vitamin C, Multimineraltabletten und Vitamin-B-Complex extra. Nachmittags zehn Kapseln *Life Essence* und drei Fruchtstücke. Beim Abendessen schlage ich voll zu. Urteile selbst: ein Filetsteak von 250 Gramm, gekochter Naturreis, drei Kapseln *Weyder Dynamic Fat Burners* und ein Gramm Vitamin C... Ich habe noch vergessen, daß ich nach dem Nachmittagstraining immer zehn Kapseln *Life Essence* und ein oder zwei Fruchtstücke zu mir nehme... Und, ach ja, einen Proteincocktail vor dem Schlafengehen laß ich mir nicht nehmen... du weißt schon, Proteinpulver, entrahmte Milch, eine Banane und einen Löffel Honig... nicht erhitzt, versteht sich: dieses Detail ist sehr wichtig. Honig, der nicht erhitzt wurde.»

Die Serbin hatte die Zunge zwischen den Lippen.

«Mir läuft das Wasser im Mund zusammen!»

«Hier muß es dir ja ziemlich schlecht gehen... Wie ich höre, ist das spanische Essen völlig irrational...»

«Das kannst du mir glauben! In puncto Ernährung sind die Spanier zwar zivilisierbar, in den anderen Dingen auch, aber nicht in ihrer Grundeinstellung. Ich wohne bei einem Ernährungspsychopathen, der mich einer Diät aus *bacalao al ajo arriero* und *manitas de cerdo con setas* * unterwirft.

Als Arnold ihr mit muskulöser Hand über die Gesichtsmuskulatur strich, wollte er diese nicht zerreißen, wie irgendein Journalist am nächsten Tag schrieb; sondern ein tiefes und zugleich unendlich zartes Gefühl und diätische Komplizenschaft ausdrücken. Die Bodybuilderin addierte ihre Muskeln zu den seinen, und sie summierten sich. So sexuell befreit, widmete sich Carvalho wieder seinem gewohnten Metier, mit einem Eifer, der durch die Eindimensionalität seiner Libido begünstigt wurde.

«Ich verstehe überhaupt nichts mehr», sagte Carvalho, um Samaranch zu animieren, sich genauer über die Fälschungen und Unwahrheiten der Spiele von 1992 zu äußern.

«Sprechen Sie mit dem Olympia-Philosophen Xavier Rupert Dos Ventos! Er wird Ihnen alles erklären, was Sie wollen», riet ihm seine Majestät Don Juan Carlos de Borbón y Borbón beim Abschied und klopfte wieder mit dem Handrücken auf das *Handbuch für Könige*, das ihn stets begleitete und das er zum großen Teil selbst verfaßt hatte. «Hier drin steht, daß die Philosophen Antworten für alle Probleme haben, und wenn nicht, danach suchen... Adiós, Carvalho. Und passen Sie auf sich auf! Hören Sie auf mich! Lassen Sie die Dinge reifen, und Charo wird zurückkehren. Noch trauriger war Bromuros Tod... der Ärmste... Der Tod, Carvalho! Das ist das einzige echte Fiasko.»

Carvalho wußte kaum etwas über die Philosophen, ebensowenig über Soziologen oder ähnliche Leute, aber er erinnerte sich an das Aufsehen, das Rupert Dos Ventos, ein katalanisch-brasilianischer Denker, erregt hatte. Er war so sehr eine Entdeckung des *Nouvel Observateur*, daß er seinen richtigen Namen, Xavier Rubert de Ventós, gegen den eingetauscht hatte, den ihm die französische Zeitschrift zuschrieb, Xavier Rupert Dos Ventos. Oberhalb der Gürtellinie war er Neopositivist, unterhalb ein Anhänger der linken, utopischen, aber melancholischen Samba. Er las Popper und

* Klippfisch in Knoblauchsoße, Schweinspfötchen mit Pilzen

schwenkte dazu seine Rumbakugeln. Ab und zu unterbrach er einen Abschnitt des großen Denkers, um ein paar Verse von Chico Buarque oder Vinicio de Moraes zu singen. Dank dieser Synthese war er in der Lage, mit dem machtvollen Scheinwerfer seines Denkens die dunklen Winkel der olympischen Sabotage zu erleuchten. Carvalho fand ihn in einem kleinen Garten im höhergelegenen Teil der Stadt, wo er gerade einen Teller gekochten Reis verzehrte, eine Gabe seiner Nachbarin, einer marxistisch-leninistischen Ingenieurin mit einem Namen aus der Literatur der *Renaixenca*, die den philosophischen Mestizen als ihre epistemologische Schwäche betrachtete. Rupert Dos Ventos hatte infolge der vielen Snack-Mahlzeiten als Stipendiat an nordamerikanischen Universitäten einen etwas empfindlichen Magen.

«Die Welt kann nur von Designern erfaßt werden, sehr, sehr partiell und nur im Rahmen dreier möglicher Codes: dem ludischen und banalisierenden in der Art der *Walt Disney Corporation*, dem ludisch-utopischen, in wohlmeinender Weise gebrochenen Code in der Art von Mariscal und dem fiktiven, computergestützten Code, der am variabelsten ist und die meisten Kombinationen zuläßt, aber noch nicht über gespeicherte Simulationen verfügt. Als bekannt wurde, daß die Olympischen Spiele von Barcelona für den vorletzten Versuch dieses Jahrtausends ausgenutzt werden könnten, das Wenige zu destabilisieren, das winzige bißchen dessen, was an Stabilität erreicht wurde, beschloß man, die Spiele nicht stattfinden zu lassen, sondern zu simulieren. Nur die Schauplätze und das Publikum sowie die spanischen Sportler und ihre Angehörigen sollten real sein. Erinnern Sie sich an die Eröffnung! Die Würdenträger wurden von der Firma Walt Disney gestaltet, nur eine nicht, die Prinzessin, die zu weinen begann und so mitten in der Datenverarbeitung der Umrisse von Walt Disney zum sentimentalen Realismus überging.»

«Und der Aufstand?»

«Die umherschweifende sowjetische U-Boot-Flotte stammt von Mariscal.»

«Und die Unabhängigkeitskämpfer?»

«Walt Disney und ein Schuß Rockmusik.»

Angesichts der Verzweiflung Carvalhos wechselte Rupert Dos

Ventos die Diskette und sang eine Samba von Portela. Dann empfahl er ihm freundlich: «Hören Sie auf mich, legen Sie einen detaillierten Bericht über die offenkundigen Tatsachen vor. Aber hegen Sie keinerlei Hoffnung, daß Sie damit Aufsehen erregen oder daß ihn jemand im Gedächtnis bewahren wird. Heute sind bereits alle mit der Vorbereitung der Spiele von Atlanta beschäftigt, und dort wird die Sache viel leichter sein. Atlanta selbst existiert nicht wirklich; es wurde bereits nach der Eroberung durch die Nordstaaten im Sezessionskrieg als fiktiver Ort geplant. Manche behaupten sogar, es existiere erst seit den Dreharbeiten zu *Vom Winde verweht.*»

«Es gab aber Idealisten, die die Spiele und ihre Überwindung als Möglichkeit der erneuten Propagierung eines kritischen Bewußtseins gesehen haben.»

«Zum Beispiel?»

«Oberst Parra. Er schwimmt im Mittelmeer umher, um mit den Überresten der marxistisch-leninistischen Marine Kontakt aufzunehmen, ohne zu wissen, daß es sich um eine Simulation von Mariscal handelt.»

«Ein falscher Oberst ertrunken in einem Meer... Fast hätte ich gesagt, das gehört zur Logik der Natur... aber... wir können nicht auf einen Bodensatz an kulturellem Humanitarismus verzichten...»

Humanitär runzelte der brasilianische Philosoph die Stirn und faßte einen Entschluß. Griff nach dem Telefon, wählte eine Nummer. «Pascual? Da muß ein revolutionärer Schwimmer gerettet werden, der versucht, das Ende des Meeres zu erreichen.»

Aufmerksam lauschte er der Antwort und hängte auf. «Der Herr Bürgermeister stellt Ihnen alles zur Verfügung, was Sie an Hilfsmitteln brauchen.»

Eine halbe Stunde später musterten Rupert Dos Ventos, Carvalho und Mariscal selbst das U-Boot, das der Schöpfer des Olympia-Maskottchens soeben am Computer entworfen hatte. Es sah aus wie ein Schuh aus einem Comic, hatte aber zwei sehr lustige, kleine Augen und ein Maul wie ein Mäuschen. Die drei bestiegen das Unterwasserfahrzeug, während Mariscal letzte Hand an den

Rückstoßantrieb legte. Er beruhte auf einem Prinzip, das vollkommen einfach, aber von spontaner, da imaginärer Leistungskraft war. Daher brauchte Mariscal auch nur mit dem Mund «Brrrrruuummmmm Brrrrrrummmmmmmmmm» zu machen, schon schoß das U-Boot wie ein Komet davon; allerdings nicht schnell genug, daß Carvalho nicht aus dem Augenwinkel das Paar sah, Arnold Schwarzenegger und die serbische Athletin, die angebliche Tito-Tochter, die Wasserski fuhren und ihre proteingesättigten Münder küßten. Carvalho sah sie wortlos an, sobald das Training beendet war, und sie schlug die Augen nicht nieder.

«Was bist du so erstaunt?»

«Ich bin nie erstaunt.»

«Doch. Du bist sprachlos...»

«Quatsch...»

«Du bist sprachlos, weil ich mich mit diesem Roboter des Imperialismus eingelassen habe. Aber es ist notwendig, daß ich die nordamerikanische Staatsangehörigkeit bekomme. Das Imperium wird von innen besiegt werden.»

Sie verließ ihn und trat aus seinem Leben, ohne ihn sein «Nein, ich bin nicht sprachlos» wiederholen zu lassen. Carvalho wollte Dos Ventos zum Zeugen anrufen, aber dieser tat, als habe er das Gespräch nicht verfolgt. Carvalho zeigte ihm die muskulöse Erscheinung, die am Arm Arnold Schwarzeneggers zum Horizont entschwand.

«Ist sie auch eine Computersimulation?»

«Sie ist eine schlechte serbische Nachahmung einer Computerprojektion von Spielberg, und er ist ein Geheimnis. Manche behaupten, er sei in einem Moment sexuellen konstruktivistischen Deliriums von dem Maler Francis Bacon projiziert worden.»

Das U-Boot flog dahin, und aus allen Richtungen schossen Torpedos der sowjetischen Exilflotte auf sie zu.

«Sie werden uns nicht treffen, da bin ich ganz sicher», erklärte Mariscal. Endlich, an der Spitze des italienischen Stiefels, als sie bereits umkehren wollten, entdeckten sie Oberst Parra, der verbissen vorwärts schwamm. Mariscal manövrierte das U-Boot nahe genug an ihn heran, damit man sich unterhalten konnte, und kaum war die Luke geöffnet, tauchten die Köpfe von Rupert Dos Ventos, Carvalho und dem Künstler selbst auf.

«Schwimm nicht weiter, Parra! Das Ganze ist eine Farce.»

Der Oberst, kein bißchen außer Atem, erwiderte: «Ich gebe mein Leben, wenn es für den Sturz des Kapitalismus notwendig ist! Der Olympionike stirbt, aber er kapituliert nicht!»

«Die Revolution ist ohne Wohnsitz... Sie hat weder Parteilokale noch Fax, nicht mal Telefon!»

«Aber ich habe soeben mit einem sowjetischen Admiral gesprochen, und er hat mich ermutigt, bis zum Bosporus durchzuhalten!»

«Es ist Cobi», informierte Mariscal, «der mir in letzter Zeit immer mehr Streiche spielt; er wird so verwöhnt...»

Es bedurfte noch einiger Anstrengungen, Versprechungen, Abmachungen und Beweise des Mißverhältnisses zwischen Einsatz und Resultat. Dann nahm Oberst Parra den spärlichen Raum ein, den das U-Boot noch bot, und leistete obendrein einen gewissen verbalen Widerstand.

«Auf jeden Fall, je weltweiter sich das kapitalistische System verbreitet, desto weiter verbreiten sich auch seine Widersprüche. Die olympische Organisation ist ein Supermarkt der Rituale, mit denen sich das System maskieren will. Während zwei jugoslawische Waisen von Heckenschützen ermordet werden, schlägt eine spanische Mutter dem Mannschaftstrainer ihrer Tochter mit dem Handtuch ins Gesicht, weil er diese nicht zum Wettkampf zuläßt, und ein Trio spanischer Bogenschützen bringt die Massen zur Raserei, weil es die Goldmedaille gewinnt. Die einzigen gut ernährten Afrikaner sind die Kaziken und die Sportler. Es ist das letzte Gefecht, Carvalho.»

Rupert Dos Ventos nickte nachsichtig und zugleich ermunternd. «Für Atlanta gibt es ein schönes, sehr tröstliches Projekt. Die *Walt Disney Corporation* will mit Hilfe zweier historischer Maler des heroischen Klassizismus eine Ausstellung utopischer Ekstasen der Zeitgeschichte organisieren. Man sagte mir, man könne dort für zwanzig Dollar pro Stunde das Winterpalais erstürmen oder für dasselbe Eintrittsgeld ein Falansterium besuchen, wo es kein Privateigentum gibt und jeder soviel Coca-Cola, Hamburgers und

Ketchup bekommt, wie er braucht. Für zwei Dollar verfaßt dir ein Lenin, der wie aus Fleisch und Blut wirkt, die sogenannten Aprilthesen, du kannst sie mit nach Hause nehmen und sie einrahmen lassen. Spanien wird mit einer Inszenierung des Übergangs zur Demokratie in der Fassung von Pedro Almodóvar vertreten sein. Spanische Kommunisten oder Ex-Kommunisten werden in dieser Zauberwelt der Firma *Walt Disney* den Generalsekretär der PCE bewundern können, wie er von König Juan Carlos I. mit der Regierungsbildung beauftragt wird. Dafür wird es dir, Mariscal, glaube ich, in Atlanta sehr schlecht gehen.»

Mariscal zuckte die Achseln.

«Der Vatikan gab mir einen neuen Papst in Auftrag, für den Fall, daß der jetzige sterben sollte. Es geht ihm immer noch schlecht, dem Ärmsten. Er wollte eigentlich zu den Spielen kommen und Samaranch überreden, daß er seinen persönlichen Sport, *Flughafenküssen auf halber Gangway mit Fußtritt nach dem Mond*, in den Kanon aufnimmt. Das *Opus Dei*, diese Speichellecker des Vatikans, bot sich als Sponsor an.»

Mariscal zeigte ihnen verschiedene Zeichnungen mit dem polnischen Papst, den Boden von Flughäfen küssend und den Körper auf die mächtige Muskulatur von Bizeps und Trizeps gestützt. Dann zeigte er ihnen Entwürfe für den künftigen Papst. «Eine hohe Charge des *Opus Dei* gab mir den Auftrag und ließ mir bei der Gestaltung völlig freie Hand: ‹Machen Sie ihn weniger polnisch, aber genauso keusch!› bat er mich.»

Der katalanisch-brasilianische Philosoph schien in tiefstes Nachdenken versunken, die Augen halb geschlossen.

«Der nächste Papst wird zwangsläufig kein *Entwerfer* mehr sein, sondern ein *Entwurf*. Der jetzige war bereits ein Vorläufer.»

Die olympischen Schlußfeierlichkeiten begannen mit Verspätung, denn Barcelonas Bürgermeister stieg auf die Schale, in der die olympische Flamme brannte, und widersetzte sich jedem Versuch, sie zu löschen, in dem absonderlichen Bestreben, daß die Spiele niemals enden sollten. Der Herr Bürgermeister fand zu seinen besten

Instinkten zurück und gedachte in einer Rede zweier grundverschiedener Bürger, die während der Spiele verstorben waren: des Wiederbegründers des katalanischen Marxismus, Señor Octavio Pellisa, und eines Feuerwehrmannes, der in Ausübung seines Dienstes den Tod gefunden hatte. Samaranch trat dagegen schon im Stadion mit den unentbehrlichen Hand- und Reisekoffern Marke «Vutron» auf, ohne sich allzusehr um das Jammern seiner Ehefrau Bibis zu kümmern.

«Juan Antonio, du kannst sagen, was du willst, ich weigere mich, wie eine Mulattin auszusehen! Diese grobschlächtige Dunkelhäutigkeit, die, bei allem Respekt, die Neger auszeichnet, würde mir überhaupt nicht stehen, bei meinem hübschen hellen Teint! Außerdem ... ich muß ehrlich sagen: Es gibt nichts, was mich nach Atlanta zieht!»

Samaranch demonstrierte, daß er sich den besten Stil der alten und treuen schwarzen Köchin aus *Vom Winde verweht* zu eigen gemacht hatte. «Miss Scarlet! Sprechen Sie nicht so, der Herr wird Sie bestrafen ... Eine junge Frau spricht nicht so, Miss Scarlet.»

Das spanische Königspaar, die Amtsträger der autonomen Regierung und des Staates, alle, ohne Ausnahme, kämpften mit dem Bürgermeister, der entschlossen war, seine Olympischen Spiele nicht herzugeben. «Es ist doch alles da! In vier Jahren können wir sie wiederholen», rief der Bürgermeister, der nun den höchsten Punkt des Foster-Turmes erklettert hatte.

«Komm runter, Pascual, in deinem eigenen Interesse. Zwing mich nicht, dich holen zu lassen!» mahnte Corcuera von unten.

«Mich holt keiner von meinem Turm! Er ist höher als der in Madrid!»

«Willst du jetzt auch noch zum katalanischen Nationalismus überlaufen? Wir Sozialisten müssen Internationalisten bleiben!»

«Dir paßt es nur nicht, daß wir einen längeren haben als ihr in Madrid! Elender *madrileño*!»

«Ganz ehrlich ... ich bin praktisch Baske.»

«Du bist ein elender *madrileño*!»

Es blieb nichts anderes übrig, als den Bürgermeister festzunehmen und in eine Heilanstalt zu bringen, wo er Tage und Nächte damit verbrachte, Olympiamedaillen umzuhängen und Sopranarien mit einer Stimme zu singen, die der Stimme Montserrat Caballés überraschend nahe kam. Die Verhaftung des Bürgermeisters Maragall war die letzte Amtshandlung von Corcuera. Ein Erlaß des Regierungschefs gestattete ihm die Demission, denn die englische Königin hatte ihn engagiert, um die Sicherheit der königlichen Residenzen zu verbessern. Corcuera hatte immerhin noch den reflexartigen Drang, sein Gesicht dem Carvalhos zu nähern und zu sagen, wobei er die Worte mehr zerkaute als aussprach: «... Wir treffen uns wieder, Schnüffler!»

Plötzlich änderte sich sein Ausdruck, in seinen Augen glänzte eine halbe Träne – sie waren so klein, daß sie für eine ganze keinen Platz boten –, und er umarmte Carvalho. «In mir hast du einen Freund für immer... Wenn du nach London kommst, hier nimm... nimm meine Karte... Komm mich besuchen...
Wir trinken ein paar Bier zusammen und singen *La tiraron al barranco.*» Und er begann, mit vor Rührung erstickter Stimme zu singen:

La tiraron al barranco
la tiraron al barranco
la tiraron al barranco
la tiraron al barranco

Fin de la primera parte
fin de la primera parte
y ahora viene la segunda
que es la más interesante

La sacaron del barranco
la sacaron del barranco
la sacaron del barranco
la sacaron del barranco

Fin de la segunda parte
fin de la segunda parte
y ahora viene la tercera
que es la más interesante

*La tiraron del barranco . . .**

Corcuera war traurig. Er wollte seinen Abschied nicht zu Ende bringen und hatte deshalb ein Abschiedslied ausgesucht, das alle bestehenden Rekorde bricht, indem man die arme Frau in die Schlucht hinunterwirft und wieder heraufholt, stets mit dem Versprechen, der nächste Vers sei noch viel interessanter. Aber Prinzessin Annes Pferd schnaubte ungeduldig in Erwartung des Pikadors, und kaum saßen die Prinzessin und Corcuera im Sattel, galoppierte es durch das Marathontor davon, während sich eine Melancholie des Stadions, Barcelonas, ja, ganz Kataloniens bemächtigte und die des Gedächtnisses beraubten Medien einer Welt ohne Erinnerung nach Margaret Mitchell suchten, um alles aus ihr herauszusaugen, was sie über Atlanta wußte. Widersprüchliche Gerüchte über einen Invasionsplan der nordamerikanischen Marine gingen um; falls Bush die Präsidentschaftswahlen gewinne, wollten sie in der zukünftigen Olympiastadt landen, da dort Drogenhändler oder chemische Waffen vermutet würden; Saddam Hussein besitze ja bekanntlich das Geschick, stets das zu verstecken, was Bush suche. Als er die Bilanz seines Beitrags zu den Olympischen Spielen zog, gestand sich Carvalho ein, daß er in keinem Punkt von der gewohnten Rolle und dem Ritual der logischen Schlußfolgerung abgewichen war und als Werkzeug von Samaranch und den Sponsoren gedient hatte, um die Spannung zwischen Oberfläche und Untergrund der Olympischen Spiele aufrechtzuerhalten. Die Verantwor-

* Sie warfen sie in die Schlucht hinunter . . . / Ja, das war der erste Vers, und jetzt kommt der zweite Vers, der ist noch viel interessanter / Sie holten sie wieder rauf aus der Schlucht . . . / Ja, das war der zweite Vers, und jetzt kommt der dritte Vers, der ist noch viel interessanter / Sie warfen sie in die Schlucht hinunter . . .

tung für die Eucharistischen Festspiele zu Spaniens Eintritt in die Moderne lastete wieder ganz auf Sevilla und der Expo, die in den letzten Zügen lag, und die städtischen und globalen Politiker begannen auszurechnen, wieviel Geld, wie viele Menschen, wie viele Sponsoren, wie viele Sportler benötigt wurden, damit alle anläßlich der Spiele neu erstellten Gebäude weiterhin einen Sinn hatten, also Finalität besaßen. Es stimmt, daß der Bürgermeister Maragall, nachdem ihn die philanthropische Gesellschaft *Architekten, Freunde der Fürsten* aus der Anstalt befreit hatte, die tägliche Gewohnheit annahm, der Reihe nach alle Bauten zu besuchen, die Barcelona verändert hatten, als lasse er sie Revue passieren, und manchmal in Ekstase aufschrie, als habe soeben jemand eine Medaille gewonnen oder einen neuen Rekord aufgestellt. Die politischen Gegner des Bürgermeisters bereiteten ihre Kalkulationen vor, um seine noch nie dagewesene Verschwendung zu beweisen, die die Bürger, ihre Kinder und die Kinder ihrer Kinder bis weit ins 21. Jahrhundert hinein zu Schuldnern des In- und Auslandes machten. Oberst Parra beharrte darauf, daß sich die Widersprüche zuspitzten, und wurde angesichts einer möglichen jugoslawischen Invasion in den Schutzeinsatz versetzt. Der Philosoph Rupert Dos Ventos kehrte in die Abgeschiedenheit seines Gartens zurück, um den Reis von seiner Nachbarin aufzuessen, nicht ohne vorher Carvalho ans Herz gelegt zu haben, er solle sich ein Ethikkostüm auf den Leib schneidern lassen.

«Carvalho, Ethik kann man heute nicht mehr von der Stange tragen, Ethik muß nach Maß angefertigt werden. Einer meiner Freunde, ein ehemaliger Jungphilosoph, hat eine Maßschneiderei für Ethik eröffnet. Hier, nehmen Sie seine Karte! Es ist sehr wichtig, eine maßgeschneiderte Ethik zu besitzen, denn wenn sich die Normen der eigenen Führung nicht an der Effizienz der Vernunft orientieren, zerbricht die Wirbelsäule des Verhaltens, und an allen Ecken tauchen psychologische Bandscheibenschäden auf.»

«Und wenn man unausweichlich in die Krise gerät?»

«Versinken Sie nicht in Grübeleien! Kaufen Sie sich beispielsweise einen Dampfkochtopf! Der menschliche Optimismus muß sich auf das Inventar der positiven oder neutralen Errungenschaften gründen: auf den Dampfkochtopf, die elektrische Waschmaschine, das Isolierband, die Anästhesie ... Das waren wirklich im ethischen Sinne revolutionäre Dinge. Aber vor allem versinken Sie nicht in Grübeleien! Denn der Ausweg des Narzißmus ist ungewiß, und eine in Grübeleien versunkene Person hat zwei Möglichkeiten ...»

Er schwankte, wie er den Vortrag abschließen sollte.

«Wie, zwei Möglichkeiten ...?»

«Der selbstversunkene Mensch wird schicksalhaft zum Mörder oder Selbstmörder ...

Das Selbstgespräch führt zu der Erkenntnis, daß man nur sich selbst braucht, und dieser Antrieb kann im Tod enden. Wenn man die anderen Menschen nicht braucht, warum dann das Tabu des Mordes?»

«Wieviel bin ich für diesen Rat schuldig?»

«Zehntausend Piepen und nach Belieben mehr.»

Barcelona wartete voller Hotels, Büros, kompromißlos harter Plätze, Ringautobahnen und Tunnels auf die Ankunft eben jener ausländischen Fürsten, die die Lieder des 17. und 18. Jahrhunderts besingen, um sich mit ihnen zu vermählen und ihnen nach Norden zu folgen. Nicht umsonst hatte sie einer ihrer postromantischsten Dichter die «verwitwete Stadt» genannt, und einer ihrer postromantischsten Dichter den Norden als jenen Ort bezeichnet, von dem man nicht zurückkehren will. Was die serbische Muskelfrau betraf, so nahm sie, enttäuscht von ihren vorletzten revolutionären Erwartungen und dank der guten Dienste von Arnold, die nordamerikanische Staatsbürgerschaft an, änderte Geschlecht und Ideologie und wurde Wimbledon-Siegerin gegen Jim Courier, den sie mit einem überzeugenden 6:0, 6:1, 6:3 schlug. Das war der Moment, in dem sich Carvalho an ihre Begeisterung für *Jours de France* erinnerte. Das war der Moment, in dem sich Carvalho erinnerte ...

Carvalho beschloß, nach Hause zurückzufahren und die Szene dort wieder aufzunehmen, wo sie von den Sicherheitskräften gewaltsam unterbrochen worden war. Dort erwartete ihn ein Brief von Biscuter aus Paris, datiert in der jüngsten, doch bereits praktisch unwirklichen Vergangenheit der Olympischen Spiele:

Chef, da ich weiß, daß Sie etwas pingelig sind, im besten Sinne des Wortes, habe ich mich bemüht, den Brief nicht mit Phrasen zu beginnen wie: «...wünsche ich mir, daß Sie sich bei Empfang dieser Zeilen ebenso guter Gesundheit erfreuen wie der Unterzeichnete». Viel Neues habe ich zu berichten, denn es kommt nicht jeden Tag vor, daß man sein Zuhause verläßt, um so weit wegzufahren. Paris ist viel weiter von Barcelona entfernt als Madrid, wenn auch weniger weit als Berlin, Moskau, New York und eine Menge anderer Orte. Die erste Überraschung, die mich erwartete, war, daß hier alle Leute französisch sprechen, sehr wenige spanisch und noch weniger katalanisch, was mir schon in den alltäglichen Beziehungen viele Probleme machte; aber stellen Sie sich erst vor, was das im Kurs über die Zubereitung von Suppen bei Monsieur Everglace bedeutet, einem französischen Lehrer schweizerischer Abstammung, den ich nicht verstehe – was nur gerecht ist, denn er versteht mich genausowenig. Wir verstehen uns nicht durch Sprechen, aber durch Gesten, und in Anbetracht der Logik der Küche sind unsere Beziehungen gut. Das sind sie vor allem deshalb, weil ich es will, daß sie gut sind, denn solange einer nicht will, bekommen zwei keinen Streit. Also ignoriere ich die Demütigungen, die ich zu Lasten unserer Küche zu hören bekomme, denn Monsieur Everglace ist wie ein Baske und denkt, alles, was nicht aus der eigenen Küche kommt, ist Scheiße. Zunächst einmal lerne ich hier nichts über Eintöpfe, denn was man hier *potage* nennt, hat nichts mit unseren Eintöpfen zu tun. Eine *potage* ist einfach eine Suppe, so kompliziert sie auch zubereitet wird, und der Kurs dreht sich um Suppen, Suppen, Suppen – interessant, aber nichts als Suppen, auch wenn sie wie Meerschweinchen zubereitet werden – ich habe schon einige komplizierte Dinge gelernt. Außerdem lernte ich auch ein paar «solide» Sachen, Grundbegriffe des Kochens, zum Beispiel die *fumets*, die verschiedenen Sude, auf deren Grundlage man Suppen, Saucen und vieles andere machen kann, Chef. Diese Leute sind so fein, daß sie, wenn sie sehen, wie ich ein *sofrito* mache und so, wie es ist, für alle möglichen Gerichte verwende, mich beinahe beschimpfen. Hier wird alles durch das Sieb gestrichen und mit der Gabelspitze gegessen. Nicht mal die Löffel sehen aus wie Löffel, denn sie fassen kaum etwas, und wenn, dann so wenig, daß es nicht satt macht. Ich will nicht bestreiten, daß das Resultat für den Gaumen gut ist, sogar verdammt gut, Chef, verdammt gut, aber es ist nicht sehr gehaltvoll, es hat keinen Kitzel, keine *trempera* wie wir in Katalonien sagen; also man kriegt keinen Ständer, wenn man diese Sachen ißt; eher sind sie oft wie ein Violinsolo, fein, schön und lecker, wie sie sind. Aber neulich erklärte ich dem Mister die Zubereitung einiger Kichererbsengerichte in den verschiedenen regionalen Küchen Spaniens und wäre um ein Haar auf der Intensivstation gelandet! Für ihn steht die Kichererbse für mangelnden Ehrgeiz in der Küche, und er findet es nicht verwunderlich, daß es ein Gemüse der Mauren und Spanier ist.

Ich sage Ihnen, er hat mehr Verständnis dafür, was wir aus Bohnen und Linsen machen, als für die Sache mit den Kichererbsen. Der Typ hat so einen Pick auf sie, daß er ihnen ihr bloßes Dasein übelnimmt; dann fängt er an, daß im letzten Jahrhundert ein sehr berühmter Musketier namens Dumas lebte, der etwas mit seiner Schwiegertochter hatte, der Kameliendame, und dieser Musketier hätte gesagt, die Spanier seien «Kichererbsenesser», das heißt, das Schlimmste, was es auf dieser Welt gibt. Ich erzählte ihm von meinem Kichererbseneintopf mit Spinat und Klippfisch, und, Sie werden es kaum glauben, er schlug mich! Na ja, was heißt schlug, schlagen war es eigentlich nicht, aber er warf einen Blumenkohl nach mir, und wenn er getroffen hätte, wäre meine Kochbrille kaputt gewesen; eine andere benutze ich ja nicht, und wenn ich sie beim Kochen aufsetze, dann nur, damit ich genau sehe, was ich koche. Ich zeigte ihm extra, um ihn zu ärgern, das Rezept für Reis mit Kichererbsen und *chorizo*, und so erfuhr ich, daß er nach der Kichererbse die Leidenschaft der Spanier für *chorizo* am wenigsten versteht. Er hält diese Wurst für barbarisch und die Lust an der roten Farbe für typisch spanisch, die, so sagte mir der Professor, von der Leidenschaft kommt, den Stieren beim Verbluten zuzusehen. Wenn man dann entgegnet, daß das Schicksal, das sie ihren Gänsen bereiten, um ihre Leber zu mästen, nicht zu vergleichen sei mit dem unserer Stiere, dann versteigt sich der Typ zu der Erklärung, die Gänseleber sei nicht von materieller, sondern geistiger Bedeutung, und die Gans wisse das. Schließlich habe ich beschlossen, ihn nicht weiter zu überzeugen und darauf zu vertrauen, daß die Verträge von Maastricht künftig in ganz Europa den *chorizo* und die Kichererbse obligatorisch machen – als gerechten Ausgleich für den kulinarischen Abfall und die miese Qualität, die in Form von Fertig- und Tiefkühlgerichten über uns hereinbrechen werden. Aber, Chef, es stimmt, Monsieur Everglace kocht verdammt gut, und da es ein Schnellkurs ist, brachte er mir im Schnellverfahren die heißen Suppen bei, und nun sind die kalten dran. Ich befürchte das Schlimmste, denn neulich, als ich bereits eine Defensivstrategie ausgebrütet hatte, sagte ich ihm, daß es in Spanien verflucht gute kalte Suppen gibt, und ich erzählte von Gazpacho und der andalusischen Knoblauchsuppe. Was Gazpacho ist, wußte er gerade noch, weil er vor zwanzig Jahren ein andalusisches Hausmädchen hatte, aber das mit der Knoblauchsuppe fand er Unsinn ... Na ja, ich habe das Wort nicht so genau verstanden, das er mir auf französisch sagte, aber es klang wie «Quatsch», also er sagte «Quatsch», weil er «Quatsch» sagen wollte. Fast alle Kursteilnehmer sind Ausländer, aber sie schlagen sich nicht für ihre heimatliche Küche wie wir, ich und ein Mädchen aus Aragón, die dem Professor alles mögliche an den Kopf wirft, von «alter Bock» an aufwärts, ohne ein gutes Haar an ihm zu lassen, und das ist nicht richtig, Chef, denn der alte Bock kann kochen wie ein junger Gott. Machen Sie sich schon mal auf die Suppe mit Markklößchen gefaßt, die wir neulich gelernt haben, und eine Fischsuppe mit Fenchel und Mandeln!

Denken Sie nicht, ich würde das Stipendium schlecht nutzen! Ich lerne schnell, und im Grunde schätzt mich der Chef, mehr als die Aragonierin, die ihn enttäuscht hat: Als er sie bat, eine Sevillana zu tanzen, gab sie ihm einen Korb mit dem Argument, das sei etwas für Heiden und Mohren, und stürzte sich in eine Jota, einen Tanz, der hier in Paris schwer verständlich ist. Ich machte eine Führung auf dem Eiffelturm mit, weil sie umsonst war, aber

gebe der Versuchung nicht nach, die Piepen rauszuwerfen, die Sie mir gaben, damit ich mir perfekte Titten ansehen kann. Sie haben schon recht... perfekte Titten sind was für Museen und Marmor. Mir sind die wirklichen lieber, mit denen ich sehr gut versorgt bin. Weil es hier in Paris sehr heiß ist, gehen die Mädchen, wie sie sind, und ich sehe mich satt an Titten – nicht ganz, aber fast, und *à la española*, aus dem Augenwinkel, was immer noch aufregender ist.
Der Professor bewundert die Geschichte mit der Olympiade sehr und behauptet, Barcelona sei bis vor kurzem französisch gewesen. Weil ich keine Bildung besitze, weiß ich nicht, was ich dagegen sagen soll. Freuen Sie sich auf die Markklößchensuppe! Sie ist exquisit, wie der Professor sagt, also saumäßig gut, wie ich sage.

Biscuters Brief brachte ihn in die alltägliche Wirklichkeit zurück, und achtundvierzig Stunden nach Beendigung der Spiele bewies nur noch ihr Vermächtnis an die Physiognomie der Stadt, daß es sie wirklich gegeben hatte. Aber er konnte sich nicht allein dem Vergessen und der Melancholie oder ihrem jeweiligen Gegenteil, der Erinnerung und der moralischen Entrüstung – für oder gegen wen? – hingeben. Schließlich und endlich war die Welt erschaffen, schlecht, aber sie war bereits fertig, und angesichts der Tatsache, wie leicht nicht nur persönliche, sondern kollektive Tatsachen gefälscht werden konnten, mußte er sich von jedem Gelüst nach Widerstand wie von einem Gift reinigen. Warum zum Beispiel nicht wieder Sex haben? In letzter Zeit schienen die betagteren Kritiker Carvalho-Romane mit dem Schrei «Willkommen im Club der sexuell Appetitlosen!» zu begrüßen. Nachdem die Verbindung zu Charo zerstört und die direkte Teilnahme am Spiel der Beziehungen, gedämpft von allen Texturen der verschiedenen Arten von Präservativen, gefährlich sein konnte, war Sex in der Tat immer mehr aus seinem Leben verschwunden, und wenn er ihn ausübte, wußte er sehr wohl um einen gewissen forciert exhibitionistischen

Charakter des Abenteuers, als müsse er beweisen, daß er «noch konnte», oder vielleicht auch, daß er «noch mußte» – war er doch ein eklektischer und vorkonstruierter literarischer Held, bei dem die Sexualität in den ersten zehn Jahren der postfranquistischen Literatur eine sehr wichtige Rolle gespielt hatte. Aber, was war heute? Auf die Straße gehen, um Körper und Gehirne zu erobern, die hinter einem ganzen Leben verschanzt waren, ohne den Ausweg, noch einmal zu bitten: «Erzähl mir, wie du früher warst, als...» Als was? Oder auch: «Ich möchte mit dir alt werden...» Noch mehr? Noch älter werden? In der Einsamkeit seiner künstlichen Plazenta beschlich Carvalho das beklemmende Gefühl einer ungeheuren Erkenntnis: Man mordete, tötete, liebte, veranstaltete Feste und Olympiaden – aus Angst. Alles war aus Angst geschehen, schon von je her, und die einzige erfolgreiche Tätigkeit des Intellekts hatte darin bestanden, die Angst als Notwendigkeit zu tarnen.

Das Abendessen war ausgezeichnet. Als aufgeschlossener Gastgeber, als Amphitryon sozusagen, eines einzigen Gastes, des Latinisten und Steuerberaters Fuster, akzeptierte er dessen Verdikt über alles, was geschehen war.

«*Dii nos quasi pilas habent* oder, was dasselbe ist: ‹Für die Götter sind wir die Spielbälle›. Stammt von Plautus, *Captivi* 22.»

Eine Pastete mit den ersten Pilzen aus der Boquería-Markthalle, die den katalanischen Namen *rossinyols* (Nachtigallen) trugen, und Kutteln in Cidre, gewürzt mit Estragon, Nelken und einem Glas Calvados. Im Kamin verbrannte er das inzwischen hinfällige antiolympische Buch *Die Herren der Ringe* von Simpson und Jannings und *Der Sport der Macht* von Espada und Boix, ein vorletzter Versuch, Samaranch historisch und nicht olympisch zu sehen. Fuster hatte eine lateinbegeisterte Nacht.

«*Animus est in patinis*... meine Seele ist in den Schüsseln... das ist von Terenz.»

«Terenci Moix, oder?»

Wieder allein, deprimierte ihn der Anblick der postolympischen und entsprechend postilluminierten Stadt. Er nahm fünfzig Dragees roten koreanischen Ginseng, um seine Wirkung zu prüfen oder sexuellen Selbstmord zu begehen, und schlief ein. Als es bereits heller Tag war, weckte ihn das Feuerwerk zur Feier der ersten achtundvierzig Stunden nach dem Schluß der Spiele sowie eine eindrucksvolle Erektion, die sich mehr oder minder in seiner Leibesmitte erhob. Carvalho und sein Lieblingssohn sahen einander an. Der Blick des Vaters ließ den Sohn schrumpfen. Schließlich und endlich – warum? Wozu?

«Bist du eine Computersimulation von Walt Disney, mein Junge?»

Und der Penis antwortete ihm: «Nein. Von Mariscal.»

Carvalho hatte die Zeitung aufgeschlagen, ohne allzu genau achtzugeben, was er tat. Dann las er das Ergebnis: Vera Musovic – Jim Courier 6:0, 6:1, 6:3.

Die Frau neben ihm schaute zur Decke, die zebragestreift war von unterbrochenen Sonnenstrahlen. Was sie dort suchte, war, nichts sagen zu müssen. Der Ginseng, dachte Carvalho, wäre eine gewisse Hilfe gewesen, wenn seine Finger nicht auf jene Falte auf ihrem Rücken gestoßen wären. Kaum hatte er sie berührt, war der ganze Ginseng verflogen, und der kleine Carvalho begann zu schrumpfen, sich in sein Winterquartier zurückzuziehen. Sie war eine Dame und besah sich nicht einmal aus den Augenwinkeln die Katastrophe, überspielte sie aber auch nicht, indem sie durch ungewöhnliche Praktiken dem Wunder nachzuhelfen versuchte. Sie knetete seinen Penis ein wenig. Nur ein wenig. Aber genug, um zu verstehen, daß dies nicht ihr Abend war. Aufseufzend drehte sie Carvalho den Rücken zu und lenkte ihre Nacktheit nach Westen.

«Was für eine Dummheit!»

«Was?»

«Die Sexualität.»

«Meine?»

«Nein, überhaupt.»

Vor zwei Monaten eine andere Frau, ein anderes Zimmer, keine Falten, wohl aber Ginseng. Aber plötzlich steckte sie sich einen Finger ins Ohr und bewegte ihn darin. Der kleine Carvalho zog sich wieder in sein Winterquartier zurück, der erbärmliche Kriegsdienstverweigerer. Und wenn es keine Falte und keine unangebrachte Geste war, dann ein Tonfall... Allzu schrille Stimmen ließen die scheinbar solidesten Erektionen in Ohnmacht fallen.

«Er steht Ihnen nicht, weil Sie deprimiert sind», sagte ihm ein Psychiater, der aussah, als sei er von der Versicherung, es aber nicht war.

«Ich glaube, ich bin deprimiert, weil er mir nicht steht.»

Diese jungen Psychiater werfen Ursache und Wirkung durcheinander, weil auch sie imprägniert sind vom Mißkredit der Ursachen und der Diktatur der Wirkungen. Sie sind ebenso desorientiert wie ihre neoliberalen und wesentlich desorientierter als ihr postmarxistischen Klienten.

«Ich kann nicht mit gutem Gewissen Kichererbsen und *chorizo* zu einer *Ouka*-Suppe oder besser gesagt, einer *potage Ouka* geben. Und wenn ich das nicht kann, dann nicht, weil ich französisch-dekadent und ein Kichererbsen- und *chorizo*-Hasser geworden bin, sondern aus Berufsethos. Nicht daß ich an den Kanon der Rezepte glaubte, den es sicherlich immer noch gibt...»

«Was ist ein Kanon, Biscuter?»

«Die Mutter aller Nachahmungen... Also, wie ich schon sagte, es ist nicht der Respekt vor dem Kanon, der festlegt, welche Gerichte mit Kichererbsen und *chorizo* gemacht werden und welche nicht, sondern ein Gefühl für Harmonie...»

«Was ist Harmonie, Biscuter?»

«Das Gefühl, daß gewisse Dinge ihren eigenen Platz haben und daß diese Dinge an dem Platz sind, wo sie hingehören. Zum Beispiel *chorizo* zu Kutteln, zu *pote gallego* und zu Kartoffeln *a la riojana*... Drücke ich mich verständlich aus, Chef?»

«Dich kann man bereits als Intellektuellen bezeichnen. Du schreitest von der Praxis zur Theoriebildung!»

«Saumäßig gut, Chef! Und dabei besitze ich keine höhere Bildung. Aber als ich noch zur Schule ging, konnte mir auf der Zahlentafel und mit den *Alpino*-Buntstiften keiner was vormachen. Ich malte Landschaften und illustrierte, wie man damals sagte, sogar noch die Rechenaufgaben. Die Definition der Geschichtsschreibung weiß ich noch, als würde ich sie jetzt gerade in der Klasse herunterbeten: Geschichte ist die Wissenschaft von den Tatsachen, die über ihre Entwicklung zum Leben der Menschheit gehören. Sie erklärt auch die Ursachen, die ihr zugrunde liegen.»

«Nicht immer erklärt sie die Ursachen, die ihr zugrunde liegen.»

«Machen Sie sich nicht über mich lustig! Ich erläutere Ihnen erst mal, wie ich die Sache sehe, und wenn Sie mir dann zugehört haben, bin ich gespannt, ob Sie auf Kichererbsen und *chorizo* bestehen! Ich sagte bereits, daß ein Sud als Grundlage dient: Stör, Gräten, Flossen, Wasser, Weißwein, Petersilie, Sellerie, Fenchel, Champignons, Salz... So, das ist der Ansatz. Daneben bereitet man eine Julienne aus Sellerieherz, dem weißen Stengel vom Lauch, Petersilienwurzel und Fleisch vom *pescado de roca*... na ja, von einem festfleischigen Fisch eben, das ist die einzige Bedingung, beispielsweise Goldbrasse, und wenn ich die nicht finde, ersetze ich sie durch einen anderen... fragen Sie mich nicht, wie er heißt! Das ist ein Berufsgeheimnis... Also gut, diese Julienne wird in Butter geschwenkt und in etwas von dem vorbereiteten Sud gegart. Der Sud wird zusammen mit 125g gehacktem Kaviar und 500g Weißlingfleisch geklärt... Man passiert ihn noch einmal durch ein Sieb. Jetzt ist er richtig, und mit der Julienne zusammen bildet er das *consommé*. Wohin soll ich mit Kichererbsen und *chorizo*? Das *consommé* ist ein kleines Wunder, Chef. Ein kleines Wunder in sich selbst.»

«Eine Zuflucht für zahnlose Rentner.»

«*Trompé**, Chef, absolut *trompé*! Der Zahnlose hat keine andere Wahl, und wenn er Rentner ist, hat er keine Kohle, um sich ein solches *consommé* zu machen. Es ist ein Gericht, das in Freiheit ausgewählt werden will.»

Das Land gewöhnte sich an den Sommer 1993, immer noch verkatert von 1992 und seinen zunichte gewordenen Träumen vom Jahr aller Wunder. Kaum war die Expo von Sevilla zu Ende, wurde, als sei nun der vereinbarte Termin erreicht, bis zu dem das Trugbild aufrechterhalten wurde, der Zustand höchster materieller Armut und allgemeiner geistiger Krise ausgerufen.

* falsch

«Biscuter, bis Oktober 1992 war das hier Manhattan... besser gesagt, eine Mischung aus Manhattan und Hollywood. Dann hat man plötzlich die Kulissen abgebaut und uns gesagt: ‹Ihr habt euch geirrt, ihr seid in Somalia.›»

«Ganz so schlimm ist es nun auch wieder nicht, Chef. Ich lese jetzt französisch und lasse mir keine Ausgabe von *Le Monde diplomatique* entgehen. Die Frage ist, ob wir uns in einer zyklischen Krise wie jeder anderen befinden, oder ob man sie anders bezeichnen muß, weil wir uns schon nicht mehr in einer klassischen zyklischen Krise befinden.»

«Was ist eine zyklische Krise, Biscuter?»

Biscuter schloß die Äuglein, warf seinen geistigen Computer an, und als sein Blick wieder klar war, zitierte er fließend: «Zeitspanne von unbestimmter Dauer, mit heftigen Erschütterungen und großen wirtschaftlichen Ungleichgewichten, die den Lauf der kapitalistischen Produktion stoppen und zu einer sehr spürbaren Fehlabstimmung zwischen Produktion und Nachfrage führen.»

Alle Fliegen dieser Welt hätten in Carvalhos offenstehendem Mund Platz gefunden.

Lieber Pepe,

ich wünsche, daß Deine Gesundheit bei Empfang dieses Briefes so gut ist wie die meine, und zwar die körperliche und geistige Gesundheit, nicht die psychische, denn während ich körperlich und geistig vor Gesundheit strotze, so bin ich mit der psychischen unter die Brücken von London gesunken. Es ist die Wahrnehmung, die mich beunruhigt, die Wahrnehmung des Untergangs des Fortschrittglaubens, während sich gleichzeitig meine revolutionären Überzeugungen verstärken, die mich zu dem gemacht haben, was ich bin und was ich beinahe aufgehört hätte zu sein. Carvalho, von dieser privilegierten Londoner Warte aus, aus der Wiege des modernen Kapitalismus, bin ich in der Lage, Dir zu sagen, daß das letzte Gefecht angebrochen ist. Die allgemeine Krise des Kapitalismus hat begonnen! Der einzige unvor-

hergesehene Faktor – denn die, die diese Krise auf eine Formel gebracht haben, waren parteilich (der revolutionäre Antagonist eingeschlossen) – ist, daß der Kapitalismus keinen anderen Antagonisten besitzt als sich selbst. Alle übrigen Anzeichen der Krise sind festzustellen: Instabilität der Wachstumsrhythmen des kapitalistischen Systems; chronische Unterbeschäftigung in den Unternehmen; Wirtschaftskrisen, die periodisch die kapitalistische Welt erschüttern. Erinnerst Du Dich an jene Ankündigung der pathologischen Entwicklung des Destruktionskomplexes im bürgerlichen Bewußtsein? Es richtet sich ein im Pessimismus und in der Zukunftsangst, unfähig, Vorstellungen zu propagieren, die die Massen begeistern könnten, da es keine hat, und die, die es hat, laufen den realen Bedürfnissen, also auch den menschlichen Hoffnungen, zuwider. Gäbe es keine Sonderangebote in den Kaufhäusern und Zerstreuungen wie die Fußball-Nationalliga, wäre die Revolution in Spanien eine Frage von Monaten. In den nächsten fünf Jahren wäre sie fällig.
Bleiben wir beim Thema Europa, Carvalho! Bewegen wir uns nicht fort von Europa!
Europa fürchtet, nicht werden zu können, was es von seiner Kindheit an gerne werden wollte, und das Kapital würde allmählich in integriertere und nutzbringendere Völker investiert, während gleichzeitig die Arbeit in direkter Funktion der Billiglöhne, des Magenknurrens und der Unterwürfigkeit der Arbeiter über die Welt verteilt. Ich habe es am eigenen Leib erfahren, während des langen Jahres, das ich nun in England lebe. Zuerst stand mir alles offen, denn ich gefiel der Königinmutter gut und sie nannte mich einen «glutäugigen Spanier» und all die Dinge, die man nur im Ausland genannt wird. Dann begannen meine Zwistigkeiten mit Anne, denn für diese Frau existieren nur die Pferde, und, im Vertrauen gesagt, sie ist heimlich in Richard Gere verliebt und in alle Pferde, die Derbysieger werden. Aus dem weltbekannten Sicherheitsexperten im Dienste der Krone wurde ein beschissener Ausländer wie jeder andere, abhängig von Arbeitsvermittlungen, denn mein Stolz verwehrte es mir, mit eingezogenem Schwanz in die Heimat zurückzukehren. Meine früheren

Freunde haben sich von mir abgewandt, damit ich nicht wiederkomme und meinen Platz am Bankett der Macht einfordere. Weggegangen, Platz verfangen. Ich kann mit gutem Recht behaupten, daß unter allen professionellen Kannibalen niemand so schlimm ist wie die politischen. Wenn ich Dir sage, daß der Kapitalismus keinen anderen Antagonisten als sich selbst besitzt, dann beziehe ich mich nicht nur auf die inneren Widersprüche, die er hervorbringt, sondern auch auf den Krieg zwischen kapitalistischen Blöcken, der kommen wird, sobald die internationale Arbeits- und Märkteaufteilung nicht mehr vertraglich geregelt werden kann. Kannst Du Dir den Horror von Zusammenstößen zwischen den asiatischen, nordamerikanischen, europäischen und sowjetischen Blöcken vorstellen?
Ich schreibe Dir, mein lieber Schnüffler, weil ich London satt habe, und ich dachte mir, Du könntest mir ein Pöstchen als privater Wachmann suchen, wenn mich das «privat» auch immer mehr abstößt. Ich gebe zu, in bezug auf die kulturellen Errungenschaften der Arbeiterklasse sind wir fünfzig oder sechzig Jahre zurückgefallen, und man muß wieder neu anfangen, den klandestinen Widerstand gegen den Kapitalismus zu organisieren. Wenn Du mir in Barcelona etwas beschaffen könntest, könnten wir mit dem Oberst eine Zelle gründen... Der Oberst... Du... ich... Auch Alfonso Guerra hat sich bereit erklärt, und was glaubst Du, könnten wir auf Anguita zählen? In ein paar Tagen würden wir eine Sektion der Internationale gründen – welche der Internationalen, ist egal – und die Kapitalisten würden von uns hören! Man muß zum Glauben der *Liga de los Comunistas* des 19. Jahrhunderts zurückkehren, denn wir haben das 20. Jahrhundert verloren, und das muß man rechtzeitig eingestehen, um nicht das 21. Jahrhundert zu verspielen. Aufgrund meiner Erfahrung als Minister für Volksunterdrückung im Dienste der spanischen und internationalen Finanzoligarchie weiß ich sehr gut, wie die repressiven Organe des Klassenstaates und des weltweiten Herrschaftssystems funktionieren. Ich würde meine Kenntnisse in den Dienst der Sache stellen, und wir würden den Wiederaufbau des Kollektiven Intellektuellen Organs betreiben.

Gib mir bald Antwort, denn meine Ressourcen gehen zur Neige, und hier wird weder Solidarität noch sonstwas geübt; auch das Klima ist nicht hilfreich. Die Themsebrücke, die ich mit dem Messer in der Hand erobert habe, gehört zu den schlimmsten, klare Sache, denn wir Einwanderer aus dem Süden haben uns von jeher mit dem zufriedengeben müssen, was die Einheimischen übriglassen.

Heute Du, morgen ich.

Javier Corcuera, ehemaliger spanischer Minister des Innern in der Epoche des Anschlusses an die Moderne und privater Sicherheitschef a. D. Ihrer Gnädigen Britannischen Majestät.

Der Postmann klingelte zweimal. Vielleicht weil er nicht genau der Postmann war, sondern das, was man früher einmal einen Paketboten nannte. Ein Paket aus Andorra, und beim Öffnen entdeckte er ein Transistorradio, einen *AM/FM-Stereo-Receiver*, um es genau zu sagen, wie ein Fäßchen aus schwarzem Plastik; um den Hals gehängt, würde es auch den Klügsten wie einen Bernhardiner aussehen lassen. Dazu eine knappe, aber sehr durchdachte Notiz von Charo.

Das Radio, das Du hattest, hatte keinen Tragegriff mehr. Da Du ein Schlamper bist, bin ich sicher, daß Du immer noch kein anderes hast. In Andorra wachsen die Radios auf den Bergen. Erinnere Dich an mich, denn Sich-Erinnern heißt, wieder anfangen zu leben ... so hieß es in einem Lied, das meine Mutter sang. Hier ist das Leben sehr gesund. Warum kommst Du nicht mal vorbei? Wir würden Dir einen Sonderpreis machen. Aber Du hast Angst vor Koffern. Als würden Dich die andern dort hineinstecken. Also dann. Charo.

Carvalho stellte das Radio an, um nicht daran zu denken, was das Gerät bedeutet. Charo machte einen Schritt, um wieder anzufangen. Was wieder anzufangen? Das Radio steckte voller überraschender Information. Die Sozialisten haben die Wahl wieder gewonnen, seit sie aufgehört haben, sich an dem Feind und den schlechten Freunden zu orientieren. Sie haben gegen einen Politiker mit Schnurrbärtchen gewonnen – die ewige Wiederkehr des spanischen Schnurrbärtchens seit dem Konzil von Trient bis in alle Ewigkeit. Ohne den *Feind*, den Kommunismus, enttäuscht von den *schlechten Freunden*, dem Kapitalismus, der mit dem Mann mit dem Schnurrbärtchen fortging, haben die Sozialisten die Wahl wieder gewonnen, weil dies das einzige ist, was sie gewinnen können. Die Verschämtesten oder Beschämtesten haben sich in ihrer Reihenvilla verkrochen, falls sie eine haben, um hinter dem Rücken ihres Psychiaters zu weinen, falls sie einen haben. Biscuter ist Anarchist geworden und sucht eine moderne Version der Losung: Ohne Gott, ohne König und ohne Patron. Die Stadt versucht zu verhindern, daß die Olympiabauten zu zeitgenössischen Ruinen zerfallen. Biscuter hat auch eine Meinung zu den Olympischen Spielen und der daraus entstandenen Stadt.

«Ich war in Paris und fühlte mich als ein Patriot. Soviel Patriotismus fühlte ich nicht einmal damals, als Spanien 1964 den Europacup gewann.»

«Auch du, Biscuter?»

«Hier gilt: entweder alle oder keiner. Und wenn in Europa Patrioten für ihr Land antreten, dann ich für meines, dann bin ich serbischer als alle anderen. Die Spiele waren schön, nicht, Chef?»

«Es hat sie nie gegeben. Genausowenig wie den Golfkrieg. Sie sind wie verlorengegangene Landschaften oder Texte, die im Computer abgestürzt sind. Man manipuliert mit ihnen, solange man sie braucht. Dann verschwinden sie in der tiefsten Tiefe, der entferntesten Ecke der Erinnerung, die sie nur wieder verlassen, um ein bißchen in die enzyklopädischen Wörterbücher zu kommen.»

«Aber sie hinterlassen ihre Spuren. Die Stadt hat sich verändert. Wenn man mir meine Straßen nimmt, weiß ich nicht mehr, wo mir der Schwanz steht. Zu viele Büros und kaum Geschäfte. Diese Stadt ist nur zu retten, wenn man sie zur Hauptstadt von etwas Großem ernennt, zum Beispiel von Deutschland. Eine Ruine, Chef. Wir sollten wegfahren, in achtzig Tagen um die Erde.»

«In achtzig Stunden... Merk dir das endlich! In achtzig Tagen lassen sie einen nicht mehr reisen.»

Biscuter betrachtete verstohlen das Transistorradio auf Carvalhos Schreibtisch. Er wollte etwas sagen, schließlich sagte er es. Er wies auf das Radio und sagte mit erstickter Stimme: «Es ist eine schöne Geste.»

«Was sagst du?»

Biscuter zeigte mit dem Daumen auf das Transistorgerät, obwohl er die feuchten Augen davon abwandte. «Wirklich, eine schöne Geste.»

«Ja. Eine schöne Geste.»

Jerry Oster

Jerry Oster arbeitete viele Jahre als Journalist und Filmkritiker in New York, bevor er begann, Bücher zu schreiben. Die *New York Times* bezeichnet ihn als den besten Krimiautor der letzten Jahre.

Saint Mike
(thriller 2924)
Susan Van Meter ist ein Undercover-Narco. Deckname: Saint Mike. Ihr Mann hat an einem brisanten Fall gearbeitet, bis er von einer unbekannten Schönen eiskalt hingerichtet wurde. Saint Mike muß diesen Fall aufklären.

Death Story
(thriller 3011)
Herzschuß. Der Mittelfinger ist abgetrennt und steckt im Mund der Leiche. An der Wand prangt kryptisch das Graffiti: Raleigh... Kein leichter Job für Joe Cullen, denn er muß gegen Kollegen ermitteln.

Violent Love
(thriller 3037)
Die New Yorker Intellektuellen–Schickeria trägt eine der Ihren zu Grabe, es ist die brutal ermordete Maklerin Karin Justice... Ein neuer Fall für Detective Joe Cullen.

Nowhere Man
(thriller 2925)
Der dritte Gedanke des Joggers war sein letzter, denn das, was die Gestalt ihm entgegenhielt, war kein wertloses Schmuckstück, auch keine Hand, die ihn stoppen wollte, sondern eine Pistole. Die Kugel schlug ein Loch in seine Stirn und beendete das Denken...

3026/2

rororo thriller

Dschungelkampf
(thriller 2773)
In der U–Bahn stirbt Carlos Pabon mit einem Loch in der Stirn. Die Zeitungen reden vom «Samariter-Killer», denn Pabon war ein mieser und kaputter streetboy. Weitere Morde passieren . Detective Jake Neumann und sein Partner setzen sich auf die Spur...

rororo thriller wird herausgegen von Bernd Jost. Ein Gesamtverzeichnis der Reihe finden Sie in der *Rowohlt Revue*. Jedes Vierteljahr neu. Kostenlos in Ihrer Buchhandlung.

Per Wahlöö

«Der Schwede **Per Wahlöö** hat sich mit einem umfangreichen Werk als einer der markantesten europäischen Erzähler des dritten Viertels unseres Jahrhunderts profiliert.»
Jörg Fauser
Per Wahlöö (1926-1975) studierte Germanistik, arbeitete als Korrespondent in Spanien. 1956 von Franco ausgewiesen, reiste er durch die halbe Welt, lernte 1962 Maj Sjöwall kennen und begann mit ihr gemeinsam, den Kommissar-Beck-Zyklus zu schreiben.

Foul Play
(thriller 2588)
«Der Blick, den Wahlöö auf die schweißgetränkte, dreckige Fußballposse in dieser hinterletzten Weltgegend wirft, ist so ungetrübt , daß wir uns alle in ihm spiegeln können.» *tip*

Die Generale
(thriller 2569)
Die Revolution der Befreiuung endet in der totalitären Diktatur der Generale. «Kunstvoll verknüpft Wahlöö die Verselbstständigung des Militärapparates auf der politischen Ebene mit der psychischen Deformation durch den Geist der Truppe.» *Konkret*

Unternehmen Stahlsprung
(thriller 2539)
«... die Horrorvision einer Gesellschaft, die selbst zum Verbrechen wurde und schließlich untergeht. Per Wahlöö war vielleicht noch nie so gut.» *Norddeutscher Rundfunk*

rororo thriller

Libertad!
(thriller 2521)
«Der beste Polit-Thriller zum Thema Südamerika ist bereits vor 25 Jahren geschrieben worden: Libertad!» taz

Das Lastauto
(thriller 2513)
Spanien zur Zeit der Franco-Diktatur.

Mord im 31.Stock
(thriller 2424)
«Dieses Buch ist eines der seltenen Fälle, in denen ein Kriminalroman weit über sich hinauswächst.» *Frankfurter Allgemeine Zeitung*
Wolf Gremm drehte mit Rainer Werner Fassbinder in der Hauptrolle nach diesem Buch seinen Film «Kamikaze 1989».

Von Schiffen und Menschen
Stories
(thriller 2889)
«... eignet sich wunderbar zum Lesen an Bord.» *Segeln*

Wind und Regen
(thriller 2625)

Serientäter

Robert Brack
Die siebte Hölle
(thriller 2941)
Oldtimer bringen's besser als Bücher, meint der bankrotte Buchhändler Jercy Pacula, und überführt zwei Limousinen nach Lissabon...
Schwere Kaliber
(thriller 2967)
Psychofieber
(thriller 3058)

Frank Göhre
Schnelles Geld
(thriller 3048)
Der erste, seit Jahren vergriffene Kriminalroman von Frank Göhre, der mit mehreren Literaturpreisen ausgezeichnet wurde und als Kinofilm Beachtung fand. Neu bearbeitet und wesentlich erweitert.
Der Tod des Samurai
(thriller 2832)
Ein Thriller über organisiertes Verbrechen in Hamburg.
Der Tanz des Skorpions
(thriller 3025)
Letzte Station vor Einbruch der Dunkelheit
(thriller 2795)
Der Schrei des Schmetterlings
(thriller 2759)

Daniel Pennac
Wenn nette alte Damen schießen...
In Belleville, dem Kreuzberg von Paris, schneidet ein erbarmungsloser Killer armseligen Rentnern die Kehlen durch. Angst macht sich breit, gefolgt von einer kräftigen Paranoia. Ausgezeichnet mit dem «Prix Mystère de la critique».
(thriller 2921)
Königin Zabos Sündenbock
(thriller 3003)

rororo thriller

30 Jahre thriller Jubiläums-Lesebuch
(thriller 3030)
Dieser Jubiläumsband präsentiert einen opulenten Querschnitt durch die Geschichte der rororo thriller- Reihe und bietet literarischen Nervenkitzel pur. Die Palette internationaler Autoren gleicht einem Who is Who der Kriminalliteratur.

Pacio Ignacio Taibo II
Der melancholische Detektiv *Drei Fälle für Héctor Belascoarán Shayne*
(thriller 3039)
Der Boxer Angel, Freund von Detektiv Héctor Belascoarán, wird beim Training im Ring von einem Unbekannten erschossen. Mögliches Motiv: eine alte Rivalität um eine Frau... Taibo liefert nicht nur ungewöhnliche Stories, sondern ein dichtes Bild von Mexiko, seiner Atmosphäre, seinen Problemen und seiner Faszination.
Das bizarre Leben
(thriller 2940)
Comeback für einen Toten
(thriller 3019)

Serientäter

Larry Beinhart
Priester waschen weißer
(thriller 3043)
Tony Cassella schlüpft in die Rolle eines irischen Priesters um den Tod von Wendy Tavetian und einem Japaner aufzuklären.
Zahltag für Cassella
(thriller 2932)
Bei Privat Eye Tony Cassella steht eine Steuerprüfung an. Genau in dem Augenblick, als er genügend Beweismaterial gegen den Justizminister persönlich zusammen hat...

K. C. Constantine
Ein unbeschriebenes Blatt
Ein Fall für Mario Balzic
(thriller 2776)
«Constantine ist ein wunderbarer Autor. Lang lebe Polizeichef Balzic!»
New York Times
Blues für Mario Balzic
(thriller 3002)
Schwere Zeiten für Mario Balzic: ein Mord geschieht, seine Mutter wurde mit einem Schlaganfall ins Krankenhaus eingeliefert und seine Frau hat wenig Verständnis für sein Pflichtbewußtsein.

William Krasner
Opfer einer Razzia
(thriller 3001)
Organisiertes Verbrechen + illegales Glücksspiel = Unmoral & Prostitution - Charley Hagen, Partner von Detective Captain Sam Brige, zieht wieder einmal voreilige Schlüsse.
Die letzte Tat des Mr. Goodman
(thriller 2937)

Jean-Bernard Pouy
Sprengsatz aus der Vergangenheit
(thriller 3021)
Der Schlüssel zur Affäre
(thriller 2977)

3024/4b

rororo thriller

Schwarze Beute
Stories von berühmten Autoren und neuen Talenten finden sich in den thriller-Magazinen und immer wieder – Shock, Thrill and Fun.
thriller–Magazin 5
Herausgegeben von Norbert Klugmann und Peter Mathews
(thriller 2969)
thriller–Magazin 6
Herausgegeben von Janwillem van de Wetering
(thriller 3000)
thriller-Magazin 8
Herausgegeben von Maj Sjöwall
(thriller 3093)

Die Reihe *rororo thriller* wird herausgegeben von Bernd Jost. Ein Gesamtverzeichnis aller lieferbaren Titel finden Sie in der *Rowohlt Revue*. Jedes Vierteljahr neu. Kostenlos in Ihrer Buchhandlung.